海关外交官亲历俄罗斯

孟宪起◎著　　高　岭◎特约审稿

中国海关出版社

图书在版编目（CIP）数据

海关外交官亲历俄罗斯 / 孟宪起著 .—北京：中国海关出版社，2015.3

ISBN 978-7-5175-0056-8

Ⅰ.①海…　Ⅱ.①孟…　Ⅲ.①纪实文学—作品集—中国—当代

Ⅳ.①I25

中国版本图书馆 CIP 数据核字（2015）第 039460 号

海关外交官亲历俄罗斯

HAIGUAN WAIJIAOGUAN QINLI ELUOSI

作　　者：孟宪起

责任编辑：黄华莉

出版发行：中国海关出版社

社　　址：北京市朝阳区东四环南路甲 1 号　　邮政编码：100023

网　　址：www. hgcbs. com. cn；www. hgbookvip. com

编 辑 部：01065194242-7531（电话）　　01065194231（传真）

发 行 部：01065194221/4227/4238/4246（电话）　　01065194233（传真）

社办书店：01065195616（电话）　　01065195127（传真）

http: //store. hgbookvip. com（网址）

印　　刷：北京新华印刷有限公司　　经　　销：新华书店

开　　本：710mm × 1000mm　1/16

印　　张：13. 75　　字　　数：200 千字

版　　次：2015 年 3 月第 1 版

印　　次：2015 年 3 月第 1 次印刷

书　　号：ISBN 978-7-5175-0056-8

定　　价：36. 00 元

▲ 笔者在驻俄使馆办公。

▲ 叶利钦总统于1999年12月31日宣布辞职，2000年5月应邀来中国驻俄罗斯使馆做客。期间笔者参与了合影。

▲ 1998年8月，普里马科夫被任命为俄罗斯政府总理，同年10月1日，应邀来中国驻俄罗斯使馆参加招待会。会后欣然同意与包括笔者在内的几位中国外交官合影。

▲ 现任俄罗斯生产者联盟主席、俄罗斯金融工业集团协会会长索斯科维茨先生，于2013年5月来华访问。期间笔者应邀参与接待，索斯科维茨欣然同意与笔者合影留念。

▲ 弗拉基米尔·卢金自2000年2月任俄罗斯国家杜马副主席，同年9月亲切会见赴俄罗斯考察市场的海尔集团总裁张瑞敏。笔者奉命陪同参加会见，图为会见后的合影。

▲ 2001 年 6 月 30 日，时任俄中友协第一副主席伊万诺夫先生应邀参加中国驻俄罗斯使馆举办的庆祝中国人民解放军建军 74 周年招待会。会后欣然同意与笔者夫妇合影留念。

▲ 2001 年 9 月 30 日，俄罗斯共产党主席久加诺夫先生应邀来中国驻俄罗斯使馆参加招待会。期间与包括笔者在内的中国外交官合影留念。

▲ 1996 年 10 月，笔者陪同中国驻俄罗斯使馆公使衔参赞耿勋才同志回国赴新疆参加乌洽会，在开幕招待会上巧遇时任俄罗斯驻华大使罗高寿先生，经耿公参介绍认识，交换名片。

▲ 1999 年 11 月底，以俄罗斯国家海关委员会主席德拉甘诺夫为首的领导班子应邀来中国驻俄罗斯使馆做客，笔者奉命陪同。图为宴会全体合影。

▲ 2004 年 10 月，笔者在中国驻俄罗斯使馆担任海关参赞的任期届满。为表达依依惜别的情谊，同年 9 月 25 日，俄罗斯国家海关委员会第一副主席洛兹宾科率 5 位司局级干部为笔者举行欢送仪式。

▲ 2004 年 4 月，俄罗斯国家海关学院举办教学成果展，笔者应邀前往参观，受到学院院长的热烈欢迎。图为院长与笔者的合影。

▲ 2002 年 9 月 30 日，中国驻俄罗斯使馆举行庆祝中华人民共和国成立 53 周年国庆招待会，与会的俄罗斯国家海关委员会副主席和笔者合影。

▲ 2003 年 6 月，中国海关代表团应邀访问吉尔吉斯斯坦海关，作者奉命为代表团“打前站”。图为吉尔吉斯斯坦国家海关署署长接见笔者并合影留念。

▲ 2001 年 9 月 30 日，笔者邀请俄罗斯海关税则专家前来参加中国驻俄罗斯使馆举办的庆祝招待会。图为二人合影。

▲ 2002 年国际“三八”妇女节，俄罗斯海关女关员来中国驻俄罗斯使馆做客。

▲ 1994 年 7 月－8 月，笔者访问俄罗斯“飞地”加里宁格勒，期间与加里宁格勒海关关长合影。

▲ 2003 年 10 月，中国海关代表团应邀访问俄罗斯海关。俄罗斯海关同行安排代表团访问索契海关，笔者奉命陪同。图为俄罗斯索契海关关长与笔者的合影。

▲ 在海参崴参观俄罗斯太平洋舰队。

▲ 在吉尔吉斯斯坦伊塞克湖滨的十月疗养院里，受到吉尔吉斯海关同行的欢迎。

▲ 在列宁故居，参观英国工人阶级赠送列宁的雪撬汽车。

▲ 在俄罗斯的索契、普京滑雪后吃饭的饭店前留影。

▲ 在冰雪消融的季节里，笔者在中国驻俄罗斯使馆天鹅湖畔留影。

▲ 笔者漫步在莫斯科大学的校园里。

▲ 在莫斯科中国天客隆商场开业典礼上，笔者与俄罗斯国家海关委员会国际局局长帕齐夏耶夫友好地探讨问题。

▲ 1999 年 12 月 20 日，笔者夫妇二人参加中国驻俄罗斯使馆举办的庆祝澳门回归招待会。

▲ 我与夫人石洁珍在驻俄使馆迎宾厅前留影。

▲ 我七十岁生日时夫妇二人合影。

▲ 我夫人和大孙子在看电视。

▲ 调皮的小孙子在玩耍。

记忆是扇门，也是盏灯

——读《海关外交官亲历俄罗斯》

我与孟宪起同志素不相识，却从深圳海关的老朋友高岭那里得知，进入古稀之年的老孟曾是一位中国海关外交官。他不仅功勋卓著，且重事业、重道义，察事敏锐冷静，做事勤奋认真，内心炽热如火，外表恂然、蔼然，是颇有人望的老海关。受邀为这样的新朋友作序，自是不胜荣幸之至。

宪起同志说，这本书回顾了他自己“职业生涯的三分之一(12年)，担任海关外交官的经历”，其对自己是缅怀和享受这种经历的幸福体验，而将这些“令人回味无穷的岁月中的一些故事说出来”的另一目的是“留给后人参考，起到警示和激励作用”。这就注定此是一本民间化书写的有意义的好书。

民间化书写，不同于宏大叙事，尤其是对历史的展现和对人物的表现，不一定是壮烈的、英雄化的书写。但它从琐屑的事件、平凡的人物身上，却能映衬出真实质朴的生活原状和动人的精神风貌，从侧面揭示宏大的历史的一角。“我”作为海关外交官的经历，虽已消散在历史的尘埃中，但那身负使命、不畏艰难、促进国际友好、捍卫祖国利益的英雄情怀，却成了永不褪色而值得珍视的动人篇章。

记忆之于我们，是通往过去的一扇门，也是照亮未来的一盏灯。《海关外交官亲历俄罗斯》围绕着作者在俄罗斯工作与生活的点点滴滴，将记忆不断深入那些云谲波诡又惊心动魄的外交故事及相关的人物，还有令人魂牵梦绕的异国风情。拾掇生活的细节，小心将之化为记忆的琥珀，既让人体会到外交生活如茶般氤氲的温馨和感动，又呈现了外交战线的惊险复杂，将读者引向更为深沉理性的思考。

亚里士多德说过，追求，是人的本性。这位哲人是真正认识人的。明知世界无涯而生也有涯，物有穷尽而欲无穷尽，却还是从短暂去追求永恒。最大限度地实现个人的社会价值，是每个人无法解脱的宿命。

人生难得几回搏，不建功业，不匡济天下复为人欤？从《海关外交官亲历俄罗斯》中，我们读出了共产党人孟宪起那种一生奋斗不止，人在天涯、生死契阔，永远踽踽前行的不了情和他的高尚革命情怀。

读《海关外交官亲历俄罗斯》，读者对其文体或感困惑。它具有原始状态的真实，即历史的真实，故事的真实，人物的真实，却不像历史文本，也不像文学文本。

君不见，兴起于20世纪80年代初的“新历史主义”，批评解构了历史真实与文学虚构的传统理念，提出了“历史的文本性”与“文本的历史性”的全新概念。历史不再是唯一、客观、本质性地存放于文学文本之外的“宏大叙事”，而是与文学文本一样也具有叙事功能。历史与文学之间的关系，被理解为“共建的互文性”关系，你中有我，我中有你。

孟宪起或许并不熟谙上述的创作理念，但编者高岭具有较深的文字功底，在她倾注心血之后，《海关外交官亲历俄罗斯》具有“新历史主义”的品性就顺理成章了。忠于生活，又超越了浅层次的生活真实，以充满灵性的文字与过往深情对话，于是便有了由小及大，编织出绵密的人生话语，展示“我”人生刻骨铭心又亮丽的风景。

《海关外交官亲历俄罗斯》打破了传统历史与文学的二元对立，写作中既遵从历史生活的真实性，又赋予了有限的文学元素。它真实地、丰富地（既有心中场景、历史故事，又有其辐射图）、有吸引力地展示了中俄两国不同的政治、经济、文化生活的情景，又表现了海关外交官工作与生活及主人公“我”在处理外交关系方面的胆识、才干、忠诚和担当，故使《海关外交官亲历俄罗斯》成为一部有历史深度、思想光彩、艺术张力的有认识价值和审美价值的好书。

《海关外交官亲历俄罗斯》是呈现历史的，它是孟宪起昔日当海关外交官的真实记录。客观、忠实的历史观，是该书的灵魂。而关注事件、人物、生活的细节，又构成了该书的“血肉”。问题在于是写日常经验还是大历史，关键要超越浅层的表述。《海关外交官亲历俄罗斯》善于抓住特征，三言两语就写活了一种气氛、一个场景、一种神态、一个人物，笔下时有风雨声。《努力为国航免遭俄罗斯海关罚款》一文，写俄机场海关关长斯列波钦科，耍小聪明，故意不见“我”，而被神机妙算的“我”堵了个正着，其狼狈的窘态，现于笔端，其精彩传神，不让于虚构的小说。而《一次随机应变的经历》，通过一次生动的酒后问答，开掘出深层的内涵，令人击节赞叹。

《海关外交官亲历俄罗斯》采用了第一人称的笔法。故事的发生、推演、变化，人物的性格、心理，全要由“我”的叙述语言表达出来，这就对作者的语言提出严格要求。要强调叙事节奏、逻辑，以及语言的地域性等，将叙述语言的方式变成一种独特的文本。如此，才能表达出“我”的经历、感觉、思想，也就表达出“我”的灵魂和精神。由“我”的所见、所闻、所感，从笔尖流露出中俄人民长存的友谊和呈现了那里旖旎的山川、异国风情。文章间浸漫着“我”诗性的情愫，流淌着“我”内心积极生活的血脉，昭示着“我”平凡而又崇高的人格。

民族的魂魄，往往就存在民间，存在普通人的骨子里。它们是凝固的历史，又是永不褪色的精神，不该被尘埃封存，也不该被人们遗忘。人类所有的崇高精神，指的就是普通人的崇高精神，是不朽的。正是这些精神滋养着我们的民族成长、壮大。拒绝表现个人崇高的精神，文学将失去灵魂。

我们不能忽视，20世纪90年代以来，中国文学一直在强调“祛魅”，即解除文化的神圣感、庄严感，使之世俗化、现实化、个人化。文学走入困境，已成不争事实。而《海关外交官亲历俄罗斯》自觉地将个体记忆与一个时代的整体历史氛围与逻辑达到内在的呼应与“神合”，彰显出它的独特价值。

读读《海关外交官亲历俄罗斯》，对抗拒庸俗生活对我们精神的磨损与腐蚀，大有好处，起码具有补编就弊的作用。

是为序。

中国作家协会会员、
著名文学评论家　汪兆骞

甲午年夏于抱独斋

目录
Contents

序……I
引子……I

外交官生活情趣篇

初到俄罗斯……3
第一枚奖章……10
真心实意　结交朋友……15
精彩的“救场”活动……19
一次随机应变的经历……23
展现中国海关关员精神风貌的演出……25
住院治胃病……27
自古忠孝两难全……30
为一对年轻外交官举办婚礼……34
阳台种菜……38
过芬兰边境，遇有惊无险的“麻烦”……41
令人难忘的口岸组活动……45
追忆外交家王荩卿大使二三事……49
《祖国进行曲》的故事……53
告别莫斯科……56

海关外交业务篇

当好“耳目”、“桥梁”和“盾牌”……61
解了燃眉之急……64
努力为国航免遭俄罗斯海关罚款……68
保障广东博览会按时开幕……71

为北京申奥成功做贡献……………………………………………………73
俄罗斯海关掠影…………………………………………………………76
翻译俄罗斯新海关法……………………………………………………80
莫斯科人民友谊大学的一场火灾………………………………………83
参加莫斯科机场海关关长追悼会………………………………………89
探秘俄罗斯的“飞地”——加里宁格勒 ………………………………92
接待钱冠林署长………………………………………………………100
四篇重要的调查报告…………………………………………………103
当之无愧的奖励………………………………………………………108

俄罗斯风情篇

“邓小平街”的故事…………………………………………………121
俄罗斯“剧院文化” …………………………………………………125
在俄罗斯的出行趣闻…………………………………………………129
惊叹莫斯科地铁………………………………………………………133
隆冬时节探访俄罗斯朋友的森林别墅………………………………136
追踪列宁的足迹………………………………………………………143
参观卓娅博物馆………………………………………………………149
凭吊长眠在新圣母公墓的名人………………………………………154
在莫斯科郊外的森林里度周末………………………………………158

附篇

触摸乌克兰文明………………………………………………………163
顺访维尔纽斯…………………………………………………………167
外交官的“谢幕曲” …………………………………………………172
我的退休梦……………………………………………………………189

后记 ……………………………………………………………………199

引子

▲ 1992 年 9 月 25 日，笔者在赴俄罗斯任职前向时任海关总署署长戴杰同志告别，听取指示。图为告别时的合影。

20 世纪 70 年代末 80 年代初，海关干部借调至外经贸部，由其派驻国外经济商务参赞处工作，这在当时是一件令人十分羡慕的差事。但这件“美差”轮到我，那已经是 90 年代初的事了。3 个节点促成我“美梦”成真。一是“需要”。1991 年年底苏联解体，其 15 个加盟共和国变为 15 个独立的国家，我国将分别与这 15 个国家建交，因而需要大量懂俄语的外交人才。二是“条件”。我大学本科所学专业是俄语，并且我当时已是副司局级干部，符合借调出去的条件。三是“机遇”。当时我是在全国海关教育培训中心主持工作的副主任，挂靠在人教司，恰逢海关总署党组决定整合人教司的领导班子，人员要大调整，我也在调整调动的范围之内。就是这 3 个因素，促使我下定决心，争取借调到外经贸部派驻独联体国家的使馆商务处去工作一段时间，开阔眼界，经受锻炼，增长才干。这样，经过我的主观努力，组织上批准，很快便借调成功了。

我兴冲冲地到外经贸部人事司报到，领导开门见山地问我：你自己对去向和职务安排有什么想法吗？我也痛快地答道：最好去业务比较繁忙的大国，比如俄罗斯、乌克兰、白俄罗斯等，这样更有利于我开阔眼界，学到更多的东西。听了我的意见后，领导说，按你的条件，应该安排个参赞职务，但你要求去的这 3 个国家参赞人选都已有了安排，要去就只能当一秘了，等于高职低配，你愿意吗？我听说还真能去成大国，甭提多乐了，马上表态说，行，一秘就一秘吧。就这样，我如愿成为驻俄罗斯的外交官。

其实，虽然这些外交职衔不影响我在海关的行政职务，但我明白，必须要将此事先了解清楚，因为今后几年，我得在这套职衔系列里工作和生活。于是，我专门去拜访了几位曾经在使馆工作的海关同事，向他们请教外交官职衔序列。得到的答复是：按照国际惯例，我国驻外使馆分 4 个级别。第一个级别是大使。大使由国家主席任命，为特命全权大使，是使馆的“一把手”，我国派出的大使，其行政职务最高的是副部级（例如，驻俄罗斯的大使），一般是局级，也有副局级的。第二个级别是作为“二把手”的公使，大使不在，公使作为临时代办，行使大使的职责，其行政职务为局级或副局级。第三个级别是武官和参赞，参赞又分为公使衔参赞和一般参赞，其行政职务有局级、副局级，有的是处级。第四个级别是秘书，秘书又分为一秘（处级）、二秘（副处级）、三秘（科级）、随员（副科级），以上都属于外交官，持外交护照。一般工作人员和翻译，不属于外交官，但也在使馆工作，持公务护照。在使馆外交系列里武官处的外交职衔是另一个系列：武官（由副军级军人担任，如驻俄罗斯的武官，驻一般国家的武官是由大校或上校担任），副武官（一般由大校、上校、中校、少校担任），武官助理（一般由上尉、中尉担任），武官秘书（一般由少尉担任）。而领事官员又是另一个系列，使馆设领事部，领事官员分为总领事（局级或副局级）、领事（处级）、副领事（副处级）、领事代理（科级）。

我正式赴任外交官之前，专程向署领导告别时，时任海关总署署长戴杰同志嘱咐道：一要牢记海关意识，处处想到自己是代表国家、代表海关出去工作，严格要求自己，为国家、为海关争光；二要注意团结；三要遵守外事纪律；四是借调期满，要按时回来。署领导的嘱咐，成为我在国外工作的指路明灯。

外交官生活情趣篇

初到俄罗斯

▲ 我所在使馆办公室的窗户正对着莫斯科大学的大楼。

那是 1992 年国庆节当天，我满怀对新工作的憧憬，搭乘国航班机飞往莫斯科。

一下飞机，考验一个接一个迎面而来，首先是工作和生活环境的考验。俄罗斯克格勃的厉害是最负盛名的，其花样百出的招数简直让人防不胜防，我初到莫斯科就大大地领教了。幽默地说，我一踏上俄罗斯国土，克格勃的监视便无处不在，真是令我“目不暇接”啊！

先说第一件事情。到机场迎接我的车在使馆大门口停下，等待大铁门开启的一小会，守门的警卫中尉凑上前来，对着我突然高声叫道：“孟宪起！”然后观察我的反应，我本能地答应了一声。听到应声，他像完成了一项任务，脸上露出满意的微笑，返回岗亭。踏上俄罗斯的国土才刚刚两个小时，就听到一名俄罗斯军人熟练地叫出我的名字，这着实让我吃惊不小。见我不解的样子，接我的小金解释说，这是克格勃的例行公事，他是在核对新来外交官的人名呢。

再说第二件事。接下来我在驾校上课时，总有一个俄罗斯女孩坐在我身后。下课时我到讲台前向教练请教问题，她靠在门口不走，跟着我上公交车，跟着我下车，一直盯着我，看着我走进使馆的大门。之后的两个多月，只要我一出使馆大门，后边总有“尾巴”在“盯梢”，这种“待遇”使我感到既紧张又安全。

据说，这种种奇怪之事，正是因为克格勃对一名中国海关人员为什么会来到中国大使馆工作感到怀疑，他们是必须要弄明白其中的缘由的。

▲ 驻俄使馆办公大楼庄严、静谧。

或许，在匆匆过往的游客眼中，美丽大气的莫斯科十分舒适宜人，但事实上，莫斯科的气候尤其是漫长的冬季让人实在难熬！冬天，早上 9 点，太阳才慢慢悠悠地晃出来，下午 4 点，太阳就彻底没了踪影，天幕漆黑。莫斯科居民每天顶着星星上班，又顶着星星下班，似乎总是生活在黑洞洞、灰蒙蒙之中，打不起精神来。一年 365 天，有太阳的日子总共只有 60 来天，而 300 多天见不到太阳，连续晴朗的日子一般超不过 3 天，保准下雨或下雪，人们整天与潮湿、泥泞打交道，这种环境给人的心理造成一种无名的压力。

据说，俄罗斯人特别喜爱晒太阳，也正是与此有关系。

再者，俄罗斯农副产品匮乏，新鲜蔬菜水果基本靠进口，因而价格昂贵。当时莫斯科市场上卖的只有土豆、洋白菜和胡萝卜等。为了健康，我们使馆同志不得不忍痛花掉少得可怜的美元补贴，买一点其他瓜果蔬菜。不过，这种生活上的“小苦”，对外交官们而言是不在话下的，我们自有调侃式的应对高招。在使馆举办的一次联欢会上，我曾用《志愿军战歌》的曲调，自编自演了一个节目，唱道：“雄赳赳、气昂昂，来到俄联邦，枪声响、物价涨，很少见太阳，中国外交官，铁打的英雄汉，为祖国复兴，异国他乡做贡献！”这个节目所带来的欢笑和酣畅，让每一位使馆同志终生难忘。

当然，对于外交官的生活条件，各级领导都是很了解与关心的。中央领导同志出访俄罗斯时，总要随专机给大使馆带来一些新鲜的黄瓜、豆角、茄子、西红柿等，我们每人总能分到五六斤。对这些来自家乡、富含祖国关怀味道的蔬菜，大家省着舍不得吃，吃时别有一番风味在心头。

▲ 驻俄使馆院内的连心亭与天鹅湖相映成趣。

作为外交工作的新手，我在工作上遇到的考验就更多了，譬如学开车和“捡拾”遗忘多年的俄语，这对年届48岁的我，着实是不小的困难。

但是，不会开车没有腿，不会外语没有嘴，没腿没嘴怎么干外交官的工作呢？

为了应付路考，我抓紧一切时间上路驾驶。车少的马路、林间小路、广场、使馆甬道等汽车能开的地方，均成了我练车的好去处。挂挡、倒车、钻杆、坡上起步、雪地拐弯……这些驾车的基本功我反反复复地练，不久便能独自熟练地上路了。但是，“洋相”也是无法避免的。有一天晚上，在街上练完车回使馆，刚进大门，使馆养的一条名叫“萨莎”的护馆狼狗，凶狠地狂吠着直冲我奔来，由于上了岁数，反应慢，加上有点累，我刹车不及时，只听“嗷”的一声，萨莎被撞得头破血流，疼得它嗥叫着跑到一边去了。不曾料到的是，这次“车祸”却给不少人解了恨，因为这条狗特别能欺负新来的人，谁如果对它不恭，上去就是一口，咬得你不得不怕它。据说，挨过它咬的人有十多个，大伙对它敢怒不敢言。自从被我撞了之后，萨莎远远见了我，吓得扭头就跑开。嘿嘿，它可能以为，我比他更厉害！

为了应付笔试，我把教练发的500道练习题，反复做了七八遍，直到差错率控制在10道之内。那段时间，我下班后吃过晚饭，不是上路练车就是回到办公室做练习题，困急了就倒在沙发上睡一会，醒了接着做。有一次可能是疲劳过度，竟然头晕恶心，天旋地转，不得不停下来休息。经过一番苦练，我这个半大老头，竟然一次考试过关，拿到了驾驶执照。不少年轻人，对我竖起大拇指，因为他们有的要经历两三次考试才能拿到驾驶执照。

就俄语而言，说和写比较容易，翻译比较难，为了翻译好一篇文章，我归纳出四句话，照此去做，效果不错。这四句话是：“扫除拦路虎，找到主谓补，弄通整句话，精雕下工夫。”听，则是最难的，我就抓住一切机会“磨耳朵”，练习听力。在那段时间，我和同事交谈全部用俄语，到商店买东西、打电话询问、外出问路、参观博物馆听讲解、看电影、看电视、听广播……抓紧一切机会练习听力。3个月后，我便能熟练地用俄语进行工作了。

我体会到，工作上的真工夫还是体现在笔头上。商务处当时共23人，其中9个“一秘”，可谓“藏龙卧虎”啊。公参分配给我的任务主要有3项：一是做文字把关工作，规定以后凡是报回部里的材料，一律要经我做文字修订和润色，弥补商务处从事外语工作的干部中文功底欠缺的缺憾；二是亲自参加调研工作；三是联系俄罗斯海关。9位“一秘”中除我之外，其余8位均是来自经贸系统的处级骨干，他们人脉通、业务熟，均是行家，而我一个“外来户”，胜任工作，得到他们的认可，我体会一方面要靠领导的支持，另一方面要靠自己的努力和能力。我有研究生的文字功底，加上十来年海关公文的历练，我驾轻就熟地胜任了文字把关的工作，公参不止一次地在全处会议上表扬我。半年以后，我以自己令人信服的表现，消除了人们对海关关员当外交官的疑虑，一些不服气的人也不得不另眼相看。

▲ 我与助手许政同志商量工作。

20世纪90年代初，驻俄罗斯使馆每半个月要举办一次学习报告会，利用政治学习时间，根据当时的形势和馆员们的需要，决定报告的内容。1994年9月初的一个下午，是政治学习时间，在使馆电影报告厅举行全体馆员参加的报告会，由我讲解当时中国海关和俄罗斯海关对旅客行李物品，特别是对外交官行李物品监管的规定和要求。我收集了当时馆员们回国休假和任期届满回国时，携带美元、油画和艺术品等进出中俄海关出现的问题或遇到的麻烦等相关资料，有针对性地讲解了中国和俄罗斯海关的相关政策规定，并提出了正确的做法或建议。大家认真地听，不少人还做了笔记。报告会结束前，我和馆员们还进行了互动，回答大家提出的问题。会后，有新来的馆员说："听了你的报告，真解渴！海关的神秘感和恐惧感消失了，知道该怎样正确履行海关手续了，以后再过海关不用紧张了。"从那以后，相当长的时间里，没有出现驻俄罗斯使馆馆员违反规定，在进出中俄海关时被扣被罚的事件。

一直以来，驻俄罗斯使馆馆员观看国内春节联欢晚会节目，要等到正月初五国航恢复航班，有人带来录像带以后才行。1995 年春节前，时任国务委员的吴仪同志提出，要创造条件，让驻外使领馆人员能同步看上中央电视台的春晚节目。为了响应和贯彻国务院领导的指示，驻俄罗斯使馆党委决定，当年春节一定要让广大馆员和中资企业、留学生代表同步看到中央电视台的春节联欢晚会。使馆聘请新疆科创公司负责安装卫星接收设备，铺设线路，一切准备就绪，只等第二天新疆航空公司运来"大锅"进行安装了。然而，没想到意外偏偏发生了！"大锅"运到乌鲁木齐机场一报关，发现新疆科创公司没有设备的进出口权，"大锅"不能上飞机，要知道这趟航班是春节前飞往莫斯科的最后一趟。如果设备装不上这趟航班，使馆春节观看春晚的愿望就泡汤了！使馆领导很着急，找到我这个海关代表，让我想办法，争取让海关总署批准乌鲁木齐海关放行设备装上飞机。此时，距离飞机起飞只有一天半的时间了。

我赶紧先挂通国际长途电话，联系乌鲁木齐海关关长，关长答复需要海关总署监管司的特批。当天凌晨 3 点，国内是早上 8 点，我给海关总署署长办公室秘书打电话，说明情况，请他务必协助。他请示主管署长后回电话，让使馆先发一个传真来说明情况，然后监管司再给乌鲁木齐海关发出特事特办的命令。凌晨 3 点半，使馆的传真发出去，凌晨 5 点半，我又打电话给乌鲁木齐海关关长，他说收到了海关总署的命令，他已经命令机场海关放行设备，装上当天飞莫斯科的节前最后一个航班。

在1995年除夕当日的下午，莫斯科时间下午3点（北京时间晚上8点），使馆馆员和各界代表高兴地坐在电视机前，观看中央电视台的春节联欢晚会。大家都说，能同步看上这台节目，这里边有海关关员的一份功劳啊！

（此文写于2013年）

第一枚奖章

在驻俄罗斯使馆工作的12年当中，让我感到最自豪、终生难忘的就是在俄罗斯海关史上，我光荣地成为第一个被授予奖章的外国人，这也是新中国海关关员在国外接受的第一枚奖章。

▲ 2002年12月20日，俄罗斯国家海关委员会国际局局长帕企夏耶夫（左三）代表俄罗斯国家海关委员会将“加强海关合作奖章”授予我。

到2002年10月，我在驻俄罗斯使馆已连续工作了10年。10年来，我牢记海关驻外人员的宗旨，勤奋工作，取得了优异的成绩，在俄罗斯海关同行面前充分展现了新中国海关关员的精神风貌。我参与了两国海关间3个协议、15个议定书的签署工作；指导和帮助开展价格调研工作；及时地将俄罗斯海关法、关税税则、税率译成中文报回；客观及时地报回俄罗斯海关的信息和资料；为两国首都机场海关成为“姊妹”友好关，牵线搭桥；促成和接待了50多个中俄海关代表团互访；广交、深交了一大批俄罗斯朋友，向俄罗斯海关同行宣传中国改革开放的成就；与俄罗斯朋友深入切磋两国海关的经验；协助俄罗斯海关及时圆满地与中国海关进行沟通、交流情况；积极建议和参与了组建各国海关派驻莫斯科的海关专员俱乐部活动；多次组织报告会，向旅俄华人、华商宣讲中俄海关的政策和法规；十多次协助华商与俄罗斯海关沟通，解救被扣的华商或物资；多次出色地完成国内交办的紧急、特殊任务……

▲获奖后，在使馆参加重要活动，我总要戴上这枚奖章。

我清楚地记得，新世纪的第一年（2000年），我受使馆武官处参加各国驻莫斯科武官俱乐部活动的启发，脑海中萌生一个强烈的念头，那就是驻莫斯科的海关专员也成立一个海关专员俱乐部，搭建一个供各国海关专员彼此相互交流学习的平台。碰巧，在一次招待会上我遇到了芬兰海关驻莫斯科的代表，便趁机积极征询他的意见，他连连表示他也正在考虑这事呢，嘿嘿，真是“英雄所见略同”啊！于是，我很快以驻俄使馆海关组的名义，正式向莫斯科中央海关局外事处处长卡尔马尼果夫发了一个照会，建议组建各国驻俄罗斯的海关专员俱乐部。一个月后，卡尔马尼果夫约我到他的办公室见面，他说组建海关专员俱乐部的事已报俄罗斯国家海关委员会国际局，正在等候批复。得此好消息后，中国、芬兰、瑞典、德国的海关专员私下相约聚会，仔细商讨俄罗斯海关的政策和规定，相互交换自己的见解和认识，并对其中不甚明白的问题，以书面形式照会莫斯科中央海关局和俄罗斯国家海关委员会，请他们给予答复。我们的这些活动明显地造成了一种迫切的气氛，从而促使俄罗斯国家海关委员会下定决心加快了组建各国海关专员俱乐部的速度。

2002 年 12 月 20 日下午 4 点，世界各国驻俄罗斯海关专员俱乐部成立大会，在俄罗斯国家海关委员会国际合作局小礼堂隆重举行。大会一开始，俄罗斯国家海关委员会国际局局长帕奇夏耶夫宣布正式成立由 17 个国家与国际组织参加的国际海关专员俱乐部。

首先，对俱乐部的章程和组织机构进行举手表决通过。然后，会议进行第二项内容，帕奇夏耶夫先生突然大声宣布：“请中国大使馆的孟宪起参赞、杨怀忠先生站到主席台前来！”我俩面面相觑、莫名其妙，懵里懵懂地按照要求走到主席台前。紧接着，帕奇夏耶夫先生朗声宣读了俄罗斯国家海关委员会主席瓦宁专门签发的俄关字第 547 号嘉奖令，授予我“加强海关合作奖章”、我的助手杨怀忠同志“真诚援助荣誉证书”。这突如其来的嘉奖把我们搞得措手不及，但这位俄罗斯海关朋友却一脸促狭地笑着说，就是要给你们来个意外惊喜！哈哈哈哈！这正是俄罗斯人办事的风格和特点，对此我深有体会。在隆重热烈的气氛中，帕奇夏耶夫局长将一枚银光闪闪的奖章别在了我的胸前，接着又用双手捧起证书递交给我和杨怀忠同志。一时间掌声雷动，记者们拍照的灯光闪烁不停。稍后，帕齐夏耶夫局长发表了热情友好的讲话，他说：“‘加强海关合作奖章’是根据俄联邦法律规定，专门授予那些为促进外国海关与俄罗斯海关的友谊和合作作出杰出贡献的外国友人。在俄罗斯海关史上，孟宪起参赞是第一位获得该项奖章的外国人。”他还说：“十多年来，孟宪起参赞和他的助手为加强和促进俄中两国海关的友谊和合作，积极努力，勤奋工作，取得了突出的成绩，作出了卓越的贡献，他们致力于国际海关合作的精神和业绩是值得学习和表彰的。”在热烈的掌声中，我应邀做了即席发言。我说：“衷心感谢瓦宁主席和俄罗斯海关同行对我和我的助手的信任，以及对我们所做的工作给予的充分肯定和高度评价。”我激动地表示：“这荣誉应归功于教育培养我、使我成长进步的中国海关和热心帮助支持我的俄罗斯海关，我和我的助手绝不辜负祖国的期望和俄罗斯海关的信任，今后要更加努力工作，当好中国海关的友好使者，当好两国海关友好合作的桥梁。”我发言后，欧盟驻俄罗斯海关代表，独联体海关同盟代表，印度、德国、芬兰、韩国、哈萨克斯坦等十几个国家驻俄罗斯的海关专员，俄罗斯国家海关委员会新闻发言人，莫斯科中央海关局的代表纷纷走上前来，和我及杨怀忠同志热烈握手，举杯祝酒，表示祝贺。

▲ 莫斯科的海关专员俱乐部成立后，轮流在各国使馆举办活动，在张德广大使的支持下，首次活动在中国驻俄罗斯使馆举办，我对来宾表示欢迎。

回到使馆后，我当即将获奖的情况向大使和公使做了汇报，他们指示，立即向国内报告。在得知我们获奖的消息后的第二天，海关总署人教司、国际合作司、哈尔滨海关（杨怀忠同志的原所在单位）等先后发来贺电。12 月 27 日，时任海关总署署长牟新生同志给俄罗斯国家海关委员会主席瓦宁发去专电，电报上说：“我高兴地获悉，12 月 19 日您亲自签发嘉奖令，授予中国海关参赞孟宪起和三秘杨怀忠‘加强海关合作奖章’及‘真诚援助荣誉证书’。对此，我向您表示衷心的感谢！感谢您对他们的信任和对他们工作的支持及高度评价！我为他们感到高兴！我认为，这殊荣不仅属于孟宪起和杨怀忠本人，而且属于中俄两国海关全体关员！这崇高的荣誉是两国海关真诚合作日益加强的结果，是俄罗斯海关同行对中国海关同行表达的真诚友谊。我深信，中俄两国海关不断得到加强的友谊和合作，定会为两国战略协作伙伴关系的发展作出积极有效的贡献！”

在那之后相当长的一段时间里，我和我的助手成了中俄海关界的“新闻人物”。

（原载《中国老年报》2009 年 8 月 28 日第 3 版）

真心实意　结交朋友

俗话说，真心换真心，五两换半斤。对国人是这样，对外国人也是如此。时任外交部部长李肇星同志结合自己从事外交工作的体会指出，外交官如果没有朋友，对外工作就难以开展。交朋友是外交官的基本功之一。要学会多交朋友、善交朋友、交好朋友、交真朋友。

俄罗斯人对过生日是十分在意的。我就把经常打交道的30多位俄罗斯朋友的生日日期打印出来，贴在办公桌旁边的墙上，提醒我届时以不同的方式表示祝贺。对一般性交往的，逢过生日，打个电话，发份传真，表示祝贺；对交往较多的，除打电话发传真外，还要送上礼品和鲜花；而少数重要人物，除上述祝贺内容之外，还要请吃一顿中餐。对俄罗斯海关朋友请求我给予帮助的，更是要尽心尽力办好事情。例如，俄罗斯国家海关委员会关税司司长的母亲患了乳腺癌，他和国际局局长是好朋友，后者向我透露，前者想托我从中国购买中医医治乳腺癌的中成药。我便嘱托即将来俄罗斯访问的团组带来，还将药品说明书译成俄文。我把一大包治癌药品连同俄文说明书交给国际局局长，换来的是关税司司长和国际局局长友好的情谊。我们夫妇与俄罗斯国际局局长一家的关系很好，他的女儿出嫁，邀请我和我夫人出席结婚典礼，我们欣然答应。不想他女儿举行结婚典礼那天，使馆布置一件重要工作需要我去完成，脱不开身，无奈之下，我不得不全权委托我的夫人石洁珍去参加，并事先专门打电话说明情况，求得谅解。局长夫人在一家出版社当编辑，因为认识我这个中国外交官，申请下来陪同社长到中国参访的机会。我便委托国内的家人和朋友特别安排这家出版社代表团，在中国北京和上海两个城市，参观书市和新华书店，到与俄方类似的出版社座谈，并将他们的住宿、交通、导游、景点、购物等事项一应安排妥当。等到局长夫人参访完回到莫斯科，为了答谢我，专门请我们夫妇到他家做客，局长夫人亲手烹制了红菜汤、烤蘑菇、鱼肉沙拉等美味佳肴款待我们，席间局长夫人滔滔不绝地述说着她在中国的趣事和见闻，以及出版社领导对此行周到安排的夸奖……

我交了俄罗斯国家海关委员会国际局局长这样的朋友，当我需要帮助时，只要一开口，他便会真心帮忙：

——我不止一次地邀请他来使馆参加活动，给华人华商讲解俄罗斯海关法规，他从不拒绝，或自己来讲解，或拜托别的司局长或专家来讲解；

——我每次回国休假，他亲自或打电话托咐机场海关领导为我安排迎送；

——国内急需俄罗斯海关实行关衔制度的文件规定，我向他讲明之后，没出 3 天，涉及海关委员会 4 个部门的 7 份文件，共 104 页，工工整整地交到了我的手上……

▲ 2001 年夏天，我和助手许政与俄罗斯远东海关局举办的培训学员一起野餐，庆祝培训结业。

当然，我在开展“民间外交”、广交朋友的活动中，也不都是“过五关斩六将”，也有“走麦城”的时候。

2003 年 6 月 16 日晚，我遭到袭击，事件的经过是这样的。

春天到来以后，我与夫人经常在晚饭后，到外交公寓附近的费利公园散步、打太极拳、跳木兰扇等。活动中，经常有爱好中国体育活动的俄罗斯邻居、老人和我们一起练习，气氛十分友好和融洽，既能锻炼身体，又能开展“民间外交”，广交俄罗斯朋友，何乐而不为？于是，每天晚饭后，我们就在费利公园自发组成了一个练习中国太极拳和木兰扇的活动小组，活动进行得十分顺利。6月15日，锻炼完毕，有一位叫娃连金娜的妇女和几个老太太提出，要翻录太极拳和木兰扇的音乐伴奏带，我同意了，并相约明晚8点练习完后进行翻录。

6月16日晚8点，我们几乎同时到达，双方都带了录音机。8点50分（莫斯科夏天要晚上12点才天黑，此时太阳还老高），我们锻炼完毕，准备开始转录。这时，附近有十多个十四五岁的男女孩子好像在搞庆祝活动，他们喝酒、唱歌、拥抱，每人手里还拿着一个气球。我正在给录音机装电池的时候，过来一个男孩，提出要听我们的歌曲和音乐，我说只有伴奏带，没有歌曲，那个男孩便悻悻离去。我刚按下翻录钮，娃连金娜提出，我们离开这几个孩子远点，到公园边上去录。我同意了，拎起录音机就走。走了大约30多米，有3个男孩，其中一个手里拿着棍子，从后面追上来，以迅雷不及掩耳之势把我推倒在地，欲对我下狠手并抢夺录音机，录音机摔出两三米远，我一翻身抓住一个男孩的手，大声对他们嚷道：“住手！我是中国外交官，否则，我要找警察，把你们都抓起来！”并同时出示外交官证。这3个男孩听后愣了一下，撒腿就往树林深处跑去，但随手拿走了录音机。我怕会有不测，没有去追赶。几位老太太和游人立即打电话报警，他们对社会治安秩序如此糟糕，连外交官都被袭击，十分气愤。娃连金娜和几位老太太哭着说：这可怎么得了，让你们受了惊吓，我们特别愧疚！三四分钟后，公园保安来了，10分钟后莫斯科西区警察局3辆警车、20多名警察和便衣陆续到达。他们先向我表示歉意和慰问，然后立即部署围捕作案嫌疑人。这时，使馆传达室的值班同志给我手机打来电话说，莫斯科西区警察局给使馆打了电话，问我伤着没有。我说，没事，就是抢走一台录音机，我请他顺便报告使馆领导。他说，此时大家都在院子里散步，办公室和宿舍找不到人。我说找不到就算了，等明天上班当面报告吧。几分钟后，警察陆续抓捕4批青少年送到我面前，让我辨认，其中一个就是把我推倒的那个男孩，他被带到警察局审问。我们夫妇和几位老太太也被请到西区警察局做了笔录。做完笔录，我对警察局局长发表了4点看法：一、今天发生的是一件令人遗憾的“闹剧”，我不认为它是专门针对中国人的，不应该影响中俄两国友好的关系；二、今天的“闹剧”的发生，印证了不久前普京总统在国情咨文中所指出的俄罗斯社会治安不好，以及对警察工作的批评是正确的，我们外国人在俄罗斯缺乏安全感，这是令人十分遗憾的；三、我强烈要求尽快破案，追回录音机；四、对青少年作案人员的处理重在教育，重在挽救，不要太重。西区警察局局长非常赞赏我的看法。事件结束时将近晚上11点半了，警察局派人派车把我们送回了家。

▲ 到俄罗斯国家海关委员会国际局局长家做客，主人热情地为我们夫妇拍照。

第二天一上班，俄罗斯互联网上就登出我遇袭的消息，紧接着俄罗斯国家海关委员会的几位朋友相继打来电话，询问情况，进行慰问。被袭击事件发生后，馆领导高度重视，俄罗斯外交部和新闻媒体亦对此十分关注，不少记者纷纷赶到使馆要求采访，被拒绝了。使馆领导对我利用一切机会开展“民间外交”，广交朋友的做法给予了充分的肯定，但也指出不足，提出了批评。

（此文写于2013年）

精彩的“救场”活动

每年春节，中国和朝鲜的驻俄罗斯使馆都要举行联欢活动，促进和加深友谊。2001 年春节，我们应邀去了朝鲜驻俄使馆。令人没有想到的是，这次朝方做了充分的准备：以家庭为单位，每家做了一个菜，还准备了一个文艺节目，内容或是中国流行的歌曲或是赞颂中朝友谊的歌曲或舞蹈。

▲ 2001 年春节，中国和朝鲜大使在朝鲜驻俄使馆和部分中国女外交官合影。

联欢会开始，双方互致贺词后，表演节目开始了。朝方一个接一个地表演节目，毫无准备的我们，只能傻愣愣地看，大家相互焦急地偷偷交换着眼色。不能给中国丢脸！怎么办？要想办法“救场”！我急速地在脑海中“搜索”应付的办法。第 4 个节目结束，我站起来向主持人申请表演节目，获得批准后，我从容地走到台前，用俄语深情地说道：“为了歌颂中朝友谊，为了向朝鲜人民学习，我用中文唱一首朝鲜歌曲，这首歌是 50 年前，我上小学时老师教的，至今还记忆犹新，今天唱出来，献给大家！”说完，我用低沉委婉的嗓音唱道：“看吧！我们可爱的学校，可爱的学校，烧毁了的断墙上，凝结了同伴的鲜血！起来！走上战斗的战场，为了保卫家乡……”当我唱第一遍时，全场鸦雀无声，当我唱第二遍时，从会场响起了深沉而洪亮的合唱声，是朝鲜外交官和家属们用朝语在与我合唱。原来，朝鲜规定在贯彻朝鲜劳动党“先军政治”的方针时，这首歌为必唱的歌曲，没想到这首“搜肠刮肚”想起来的老歌，竟然起到了“心有灵犀一点通”的效果，引起这么大的共鸣！表演结束，全场爆发出雷鸣般的掌声。第8个节目之后，我又站起来要求表演合唱。我来到台前对40多位中国外交官邀请道：“请40岁以上的中国同志站到台上来！”话音刚落，一下子上来20多个，仔细一看，几乎全是参赞以上的外交官。由我担任指挥，唱了《中国人民志愿军战歌》和《全世界人民团结紧》，先合唱，后分两个声部轮唱，没想到“临时抱佛脚”，效果还真不错，歌声又整齐又响亮！究其原因，一是40岁以上的中国人，都会唱这两首年轻时“耳熟能详”的歌；二是大家都怀有一颗不甘落后、为国争光的心，注意力特别集中，特卖力；三是歌词简单，人多势众，加之指挥有度，所以有了这种效果。联欢结束后，同行的同志们夸赞我具有临时“救场”的勇气和才能。

▲ 2000年春节前的一个星期日，中朝两国驻俄使馆人员在朝鲜驻俄使馆举行联欢活动。图为联欢活动前时任朝鲜公使与笔者的合影。

就是那次“救场”的表现，也给我带来了“麻烦”。不久，使馆的周公使找到我说，党委会研究，打算让我担任俱乐部主任，把使馆俱乐部的活动丰富活跃起来，改变使馆俱乐部死气沉沉的局面，让健康的文娱活动占领和丰富馆员的业余文化生活阵地。问我意见如何？我说，谢谢馆领导的信任，我考虑一下，同时还需要向海关总署请示。回到办公室，我马上打电话向海关总署主管外事工作的副署长汇报了使馆党委的意见。副署长沉思后答道：应该服从使馆党委的安排，海关总署没有意见，你安排好时间，要做就做好。有了副署长给的“尚方宝剑”，我心里有了底。为了做好俱乐部工作，上任前我向使馆领导提出两个条件：一是各单位选派一名热心的同志担任俱乐部委员，他们从事的俱乐部工作要纳入年终考核的范围；二是俱乐部活动经费由平均每人每年150美元，提高到300美元。这两项要求均得到批准。从此，在我的精心操办下，使馆俱乐部活动有了很大的起色，做到周周有活动，月月有比赛，旬旬有参观，唱歌、跳舞、书法展、球类赛接连不断，使馆的文化生活大大改善了，获得了领导和馆员们的一致好评。为了表扬我们俱乐部活动取得的成绩，外交部还专门派人总结我们的经验，加上按语向中国驻世界各国的使领馆发出简报，进行表扬和推广。

▲ 我担任使馆俱乐部主任后经常主持节目。

当我任期届满奉调回国时，时任使馆公使程国平同志惋惜地说："使馆俱乐部的一个时代结束了！"公使的话提醒了我，于是，我在离任时特意将3年多俱乐部活动的资料全部整理好，进行了移交和嘱托，同时建议，今后使馆俱乐部主任一定要由参赞一级的领导干部担任。使馆领导接受了我的建议，听说驻俄使馆的俱乐部活动一直开展得不错，把我们那届俱乐部成员开创的好做法延续了下来。

▲ 在使馆举行的庆"七一"合唱比赛活动中，我指挥的商务处党支部合唱队获得第一名。

（此文写于2013年）

一次随机应变的经历

2000年6月，中国海关教育代表团访俄，我全程陪同。6月15日，访问团在考察完俄罗斯海关学院远东分院后，将直接从绥芬河边境入境回国。因为我没有回国的任务，在把代表团送到边境线后，我就和俄方陪同的一名副署长、一名俄罗斯远东海关局的副局长，返回俄罗斯边境城市帕格尔尼奇海关。当晚，当地海关举行了科级以上干部参加的欢迎晚宴，招待我们这些“客人”。招待会上，我们分别简单讲话后，开始吃大块烤肉，大口喝伏特加酒。开始气氛友好，比较文明。

▲ 在西伯利亚大铁路的终点海参崴火车站留影。

酒过三巡，不少人有点醉意了。俗话说：酒后吐真言。这时，一个喝得有点过量的科长，涨红着脸，举着酒杯来到我的面前，问可不可以向我提个问题。听到他要向中国外交官提问题，大家的注意力顿时被吸引了。我说："欢迎，请提吧。"

由于酒力和激动，他结结巴巴地说："刚进城时你看到路边有一座烈士陵园了吗？"

我答道："看到了。"

他紧接着说："那里安葬着我的3个战友，他们是在珍宝岛事件中被你们解放军打死的，请问外交官先生，你对此作何感想？"

我一听，这个问题是很敏感的问题，而且也是俄罗斯人民心中的一个结，不是一两句话能够说清楚的。这个问题答也不好，不答也不好，于是我灵机一动，来了个"反攻为守"，面带微笑，沉静平和地回答："我能不能也向你提个问题呢？"

他说："请提吧！"

我问："你到过边境对面的绥芬河吗？"

他说："想去，但还没去。"

我接着问："绥芬河后面的山上也有一座烈士陵园（这是我临场瞎想的），在那里安葬着在珍宝岛事件中，被你们红军打死的5名解放军战士，请问，你对此作何感想？"

霎时间，宴会的气氛变得凝重了，大家都不说话了。见此情景，关长赶紧站起来"打圆场"说："喝酒！喝酒！"

我哈哈一笑，马上接过关长的话高声说道："喝酒！喝酒！用这酒来庆祝中俄两国人民友好的过去！祝贺两国人民友好的未来！邓小平先生说，中俄两国关系要结束过去，开创未来，让我们共同努力，为开创中俄关系美好的未来，干杯！"

我的话音刚落，响起一片掌声。一场尴尬的局面就这样化解了。

（此文写于2013年）

展现中国海关关员精神风貌的演出

在世界各国常驻莫斯科的使馆和国际组织代表处中，有一个“国际妇女俱乐部”，由各国使馆的大使夫人和首席代表夫人组成，每年的国际“三八”妇女节和新年到来之前，轮流在不同国家驻俄使馆举办联谊和义卖活动。这一活动成为各国使馆展示自己国家风情风貌、对外宣传的平台，各国使馆均分外重视。2000 年国际“三八”妇女节活动轮到在中国驻俄罗斯使馆举办，有 150 多位有地位有素养的大使夫人出席，这是一次向世界宣传展示中国的好机会。为了办好此次活动，事前，使馆党委进行了动员和部署，号召馆员献计献策。我和夫人石洁珍决定报名表演双人舞《纤夫的爱》，这个节目是由我们夫妇自编自演的，1994 年曾在使馆春节联欢晚会上演出，

▲ 2000 年，在中国驻俄使馆举办的庆祝国际“三八”妇女节招待会上，我和夫人石洁珍表演自编的舞蹈《纤夫的爱》，受到热烈欢迎。

深受欢迎，此后经常在使馆迎宾和联欢活动中表演，已经成为使馆传统的保留节目。我们的提议获得了批准。

2000年3月8日中午，中国驻俄大使馆用独具特色的中餐招待各国妇女代表。宴会前，在中国驻俄使馆宽敞明亮的大宴会厅的表演台上，经过精心准备的6个文艺表演节目正在紧张有序地进行着。轮到第3个节目，我们夫妇二人走到舞台中央，恭恭敬敬地向来宾鞠了一躬，我动情地说道："尊敬的各位女士，尊敬的各位来宾，我们夫妇是来自中国海关的一对夫妇，今年50多岁了，今天我们这个自编自演的节目，从一个侧面反映了改革开放后的中国人民、中国海关关员的精神风貌和业余文化生活，请大家欣赏！"说完，随着欢快的乐曲，我们这对年过半百的海关关员，跳起了轻盈的舞步，持续5分多钟的双人舞，中间竟获得了4次掌声。表演结束，我们夫妇被淹没在鲜花的簇拥和掌声的浪涛中，连续谢了两次幕才下台。

▲ 一对50多岁的中国海关关员夫妇的精彩表演，为中国海关争了光。

（此文写于2013年）

住院治胃病

在俄罗斯的12年中，我因患十二指肠球部溃疡，曾经两次到莫斯科的鲍特金医院住院治疗。这是一家历史悠久、负有盛名、医生医术在俄罗斯堪称一流的医院，有几位医学科学院的院士在此工作。

鲍特金医院给我的印象是医术高明，管理严格，对病人高度负责。我得的十二指肠球部溃疡的溃疡面积只有半个小手指盖那么大，这个结论是在门诊照胃镜后得出的。提起照胃镜，人们马上想到的是“痛苦”、“难受”，但在鲍特金医院，技术高超、经验丰富、极富同情心的大夫告诉我，要呕吐就大口吸气。果然，管子下去后，呕吐感上来，我照大夫的嘱咐，大口吸气，立刻把呕吐感压了下去，感觉好像只是一进一出，很快便结束了，不像在国内做的时候，折腾好长时间，那个难受劲儿，一想起来就害怕。在莫斯科鲍特金医院，我照过四五次胃镜，每次都挺痛快，没留下什么难受的印象。确诊后，大夫十分认真地对我讲，溃疡是很娇气的病，不能拖，要抓紧治疗。他坚决要求我立即住院治疗，说半个月就能治好，不然得不到正规的治疗和休息，溃疡面会越来越大，弄不好还会穿孔，到那时就麻烦了，非动手术不可。我被门诊大夫的真挚且负责任的态度感动了，抱着试试看的想法，答应住院治疗。

来到住院部，办完手续，医生要求，先要洗澡换成住院病人穿着的服装，将自己原来穿的衣服和鞋帽全部交由家人或朋友带回去。这样做，一是病人自己的服装没有消毒，避免污染；二是有利于管理，病人没有平时穿着的衣服，不便到外面活动，可以在医院安心养病。治疗开始，要进行全面体检，一旦发现有别的疾病，治好主要的病，还要捎带把体检查出来的病也治好，才能出院，这样做既体现对病人负责任的态度，又诠释了医院治疗的福利性。鲍特金医院治疗十二指肠球部溃疡的方法是比较先进的，可以说是立体治疗：上部口服用药，下部肛门用药；外部按时打针，进行物理治疗，照射射线和按摩（在俄罗斯的医院，只有危重或须抢救的病人才打吊针输液，不像在中国，发烧感冒拉肚子均可打吊针输液），内部则吃燕麦粥、蒸熟的苹果等有利于溃疡伤口弥合的食物，少吃多餐，一天开4次饭。这样上上下下、里里外外一折腾，果然5天止疼，10天溃疡伤口愈合，15天伤口结痂，办理出院手续。出院时，主治医生写出出院报告，并经内科主任签字，然后主治医生当面详细地告诉我出院后的注意事项。第一次出院后，我没把医生的话当回事，照样喝酒、抽烟，生冷刺激性的东西也照吃不误，结果，半年后十二指肠球部溃疡病又犯了，不得不又在医院住了15天。这次我“好了疮疤记住了疼”，严格按医生的嘱咐办，直到现在11年过去了，再未犯过溃疡病。

▲ 我和夫人石洁珍与俄罗斯医学专家合影。

鲍特金医院的大夫和护士极富同情心，对病人关怀、体贴、耐心，服务周到，但又坚持原则，对无理的要求绝不迁就，为此，还闹出一个“笑话”呢！有一次，我们使馆一位司机同志因病也住进了这家医院，睡觉前他嫌枕头低，想找护士多要一个枕头，但他只会俄语的“好”和“不好”。他走到护士台前，当时恰好是一位年轻漂亮的女护士当班。那位司机同志因为不会用俄语说“枕头”，他就用睡觉的姿势比划为“枕头”，同时举起一个手指，嘴里用俄语说“不好”，接着又比划睡觉的姿势，伸出两个“手指”，嘴里说“好”。当即，女护士脸上亲切和蔼的笑容消失了，严词拒绝了这位司机的“色情要求”，随后又拿起电话听筒，向护士长报告。第二天，使馆政务参赞来探视，护士长马上向其反映我们这位司机提出“无理”要求的问题。政务参赞经过调查、了解，向护士长解释了事情的原委，这才消除了误会。护士长也乐了，很快地向司机道歉，并送来一个干净的枕头。

俄罗斯的医疗保健条件是相当优越的，每个人都有指定的保健医院，生了病在指定的保健医院看病治疗，包括住院、吃药在内，全部免费，连住院期间的伙食费也是不花钱的。如果病人自己挑选医院，所有的费用就要自费了。如果患了重病或急病，被救护车送到专科医院治疗，所有费用，包括救护车的费用均是免费的。但俄罗斯的医院不设对外的药房，对内的药房只供应病人在医院治疗的所需药品。医生开出药方，患者拿着药方需要到街上开的药店去买。不过，后来我也发现，有的医生开出药方后，从关心的角度建议到某某药店去买，并说这家药店的药品质量好，价格便宜，等等。

在俄罗斯，妇女怀孕检查、生孩子的费用全部免费并且有补贴。与我国的计划生育政策不同，俄罗斯的政策是国家鼓励妇女多生小孩，因为现在俄罗斯人普遍不愿意生孩子，人口在锐减。据统计，俄罗斯每年人口大约减少 70 万，所以，鼓励生育是俄罗斯的一项基本国策。其政策规定，夫妻如果生 3 个孩子，国家奖励一套住房；生 4 个孩子，还授予“英雄母亲”称号呢！

（此文写于 2013 年）

自古忠孝两难全

想起驻外外交官在亲人病重或去世时，不能回家为亲人尽孝、送葬，而痛苦和内疚的一幕幕场景，至今我心中还被深深地震撼……

商务处的孙会计家中有83岁的老母亲。老母亲30多岁时就开始守寡，守着孙会计一棵“独苗”，一把屎一把尿地把他拉扯大，供他上学，助他娶妻，又帮忙将老孙的两个孩子看护大。1994年，孙会计夫妇回国休假探亲返回莫斯科不到一星期，没想到，儿子突然从国内打来国际长途说，奶奶因他们走了，忍受不了精神失落的打击，突发心脏病去世了！按当时的规定，家里有人料理后事，就不能被批准回国奔丧。无奈之下，公参特例批准孙会计用公家的电话打15分钟国际长途，嘱咐儿子和女儿安排好奶奶的后事。放下电话，年近60的孙会计“扑通”一声跪倒在地，朝着东南方北京的方向，连磕3个大响头，失声哭诉：“妈妈呀，儿子不孝啊！您老含辛茹苦抚育成人的儿子不能侍奉您，为您送终，儿子有罪呀！”旁边的同事个个泪流满面地劝说安慰着。那些时日，孙会计茶饭不思，眼神呆滞，足足一个来月才缓过神来。

领事部的李一秘，1995年元旦任期4年又延期1年届满，应该回国了，但因业务太忙离不开，大使临时决定让老李再延长两个月，过了春节再离任回国。没想到在国内盼儿归来心切的80多岁的老母亲，却突发脑溢血去世了，噩耗传来，老李因未能和老妈妈见上最后一面，悲痛失控。

2001年，春节刚过，可怕的噩运也向我挂念的人袭来。2月15日，我接到弟弟宪清打来的国际长途，称久病的老母亲被查出又患急性再生障碍性贫血（血癌）晚期，医院已报病危。当时，没有计算机邮箱和手机短信，我和我爱人赶紧给在天津市工作的小弟弟发了一份传真，请他向其他弟弟、妹妹、弟媳或妹夫转告我们的想法，传真上这样写道：得悉老母亲的病情后，我们非常焦急和难过，恨不得立即飞到母亲的身旁尽尽孝心，但外交官是文装解放军，有纪律和规定，父母或亲人病危或去世，除独生子女本人不到，没人签字，后事不能办理，须经国内和使馆双方人事部门批准后，方可回国，假期一周，费用自理，其他外交官在国外任职期间，发生父母或亲人病危或去世，一律不准假。鉴于上述规定，请你们向老妈妈解释清楚，宽恕和谅解我们！自古忠孝不能两全，官差不由己！有你们这些孝顺的儿女在妈妈身边侍奉，我们十分放心，拜托各位弟弟妹妹、各位弟媳和妹夫，多费心，多受累，替我们夫妻尽孝心！同时，对母亲病危和后事的安排，我们提出以下建议：一、目前要想尽一切办法，对老母亲进行救治，不要怕花钱。二、我们不在，一切要听从老二宪清的安排；大家要为老二分忧，齐心协力，精诚团结，把老母亲护理好。万一老母亲不幸去世，要体面地把她老人家送走，丧事从简，绝不能搞封建迷信那一套。三、想方设法尽快将母亲的病情通知姥姥家的亲戚和咱老家几个叔伯兄弟。四、为母亲治病和办理丧事的所有开支，全部由我们负担。那些日子我是在忐忑不安中度过的，白天经常走神，夜里常做噩梦。3月14日，可怕的噩耗还是传来了，我收到二弟发来的传真：大哥、大嫂，我们的慈母重病月余，经过天津市名医院专家抢救治疗无效，于2001年3月13日下午6:30驾鹤西去，走得十分平稳，十分安详。母亲的丧事，我们一定遵照你们的嘱托，在老二宪清的带领下，齐心协力，精诚团结，丧事从简，把老母亲圆满而体面地送走，请放心，万望大哥大嫂节哀！收到传真后，我呆坐了好一会，强忍悲痛回到家中，给母亲写了一副灵牌供在客厅东南方（祖国的方向）的桌子上，点上蜡烛，摆上苹果。我又剪裁了两块黑布作为黑纱，给自己和爱人戴上，然后我跪拜在母亲的灵牌前大哭一场，边哭边回想起母亲艰辛的一生和对我的恩情，越发感到愧疚和难受！后来，弟弟宪清告诉我，妈妈在弥留之际，好像听弟弟妹妹们说起大哥不能回来，她的眼神似乎在寻找什么。妹妹丽华说，妈妈在找她的大儿子，二哥你跟妈妈说，大哥不能回来，别找了，让她放心地走吧……但是妈妈到死不闭眼。还是丽华说，二哥你再和妈妈说说吧！然后他又说了一次类似的话，说完用手慢慢地把妈妈的眼睛合上，但妈妈是带着见不到大儿子的遗憾走的啊……母亲去世后整整一个星期，我每天上班前把黑纱摘下来，去使馆上班，下班后回家又戴上黑纱点上蜡烛，给母亲的灵牌磕 3 个头再做其他事。一个星期后，我把母亲的灵牌和黑纱深埋在莫斯科东南方的一片白桦林里，把对母亲的思念也深深地埋在心底……

▲ 2001 年 3 月 13 日母亲不幸病故，因为有规定，我未能回国奔丧，在国内的弟弟妹妹们十分圆满地办理了母亲的丧事。

再过了两年，又一可怕的噩耗传来，中风瘫痪在床达十余年的岳母也不幸去世了！我和我爱人因前述的原因也不能回国奔丧。在国外的治丧活动和我母亲去世时一样，所不同的是，此次我们的小儿子孟政正在国内，我们就让他代表我们参加了岳母的丧事活动，送了老人家最后一程。

俗话说：父母对儿女的恩情如长城一样长，而儿女回报给父母的只有扁担长。我认为，就是这扁担长的回报之情，也要抓紧，不能等，不能拖，否则将遗恨不已。令人欣慰的是，两位老人健在时，我力所能及地“尽”

▲ 瘫痪在床达十余年的岳母不幸于2013年7月中旬病故，我和夫人石洁珍因为相关规定，未能回国奔丧，只能委托儿子孟政代表我们参与岳母的丧事活动。图为1973年5月我与岳母在河北山海关的合影。

到一些绵薄的孝心：每两年回国休假和每年回国参加关长会时，我都赶到两位老人身边伺候一阵；向常年侍奉老人的弟弟、弟媳，妹妹、妹夫表达感激之情；临走留给老人一定数额的费用；我知道母亲爱吃包子，我便跑到有名的包子铺，买上五六斤，放入冰箱冷冻起来，让母亲慢慢吃；岳母爱吃蛋糕，我便打车到新开张的中外合资的西点铺，每种买上两三斤，共买上十多斤再打车回来。司机师傅知道我买这么多蛋糕是孝敬老人的，便感叹道：这年头，像您这样孝敬老人的儿子不多啦！

（此文写于2013年）

为一对年轻外交官举办婚礼

在我担任驻俄使馆经商参处办公室主任和担任使馆俱乐部主任期间，我和我的同事曾为两对热恋中的情人，举办过婚礼，其中经商参处的罗同志和刘同志的婚礼给我留下的印象最深，至今记忆犹新。

那是1996年春节前，听说罗同志和刘同志将在莫斯科完婚，经商参处的同仁们都关注着这件好事。经领导批准，在征得他们二人的同意后，我和同事商量后，以使馆经商参处的名义，策划为他们举办一场隆重而特殊的婚礼，婚礼时间定在1996年春节前的一个周六上午。

那天，窗外飘着雪花。九点刚过，参加婚礼的人们，陆陆续续踏雪来到播放着《喜洋洋》乐曲的经商参处会议室。

一切均按事先策划好的程序进行。司仪由王同志担任；主婚人由胡公使衔参赞担任；证婚人由王大使夫妇担任；伴郎和伴娘分别由未婚的公司代表处的两位男女青年担任。

乐曲停止，大家安静下来，在热烈的掌声和欢呼声中，婚礼仪式正式开始。

第1项，新郎、新娘手挽手在《婚礼进行曲》乐曲的伴奏下，由会议室门外徐徐走来，来宾自动分列两旁，让出一条道，鼓掌欢迎并纷纷向新人头上、身上撒落花瓣和花纸屑。

第2项，司仪讲话：各位领导、各位来宾、同志们、朋友们！中华民族传统的节日——春节即将到来，在这阖家团圆的喜庆时节里，我们这些工作生活在距祖国万里之遥的外交战士们，团聚在中国驻俄罗斯大使馆经商参处，为我们的两位同事举行结婚典礼，这多么富有诗意啊！

同志们！作为炎黄子孙，无论我们走到哪里，无论我们身在何方，“祖国”两个字都使我们感到亲切和温暖。在今天的婚礼开始之际，首先让我们全体同志面对东南方，也就是“祖国”所在的方向，向“祖国”行“注目礼”。请全体立正，面向会议室挂着国旗的方向（东南方）。

第3项，司仪：播放中国国歌《义勇军进行曲》，全体肃立。

第4项，司仪：现在请允许我向大家介绍一下新郎和新娘，因为大家不在一个单位，有些同志是新来的，彼此不太熟悉。罗××，男，27岁，1991年毕业于北京外国语大学俄语专业，现在国家经贸部工作，1992年被派来我馆经商参处工作。刘××，女，24岁，1994年毕业于对外经济贸易大学俄语专业，现在国家经贸部工作，1995年被派来我馆经商参处工作。

第5项，请主婚人公使衔参赞胡先生主持结婚典礼。

第6项，主婚人：再过3天，就是天下华人普天同庆的大喜日子——春节，在这辞旧迎新的喜庆时刻，正赶上罗××和刘××同志喜结百年之好，我很荣幸地担任你们的主婚人。虽然你们已经在使馆领事部进行了结婚登记，确定了合法的夫妻关系，但我作为主婚人，还是希望你们面对各位来宾，倾吐你们的真诚心声。（奏乐，然后压低乐曲声和讲话声混播）

主婚人：罗××同志，你是否愿意成为刘××的丈夫，爱她、敬她、呵护她、尊重她，给她幸福和温暖，有快乐与她同享，有艰险一人承担，用男子汉的肩膀，担负所有生活的艰辛，无论遇到多么大的困难，都与她同心协力、患难与共，用你对她专一的、深切的爱，去克服一个个艰难，去创造美好的未来。你愿意吗？

罗回答：我愿意！（大家鼓掌）

主婚人：刘××同志，你是否愿意嫁给罗××做他的妻子，爱他、敬他、关心他、照顾他，给他温暖和快乐，理解他的烦恼和痛苦，用你那似水的柔情化解生活中的不快，用你对他如火的、专一的挚爱燃亮家庭美好的未来，任凭生活坎坷、道路艰难，都能一如既往，心贴心，忠贞不渝，构建一个温馨的避风港湾。你愿意吗？

刘回答：我愿意！（大家鼓掌）

主婚人：现在请你们二人告诉大家，你们是否能够做到永远相爱，用你们共同的劳动、默契的心灵、辛勤的汗水、聪明的才智去创造灿烂的人生。你们能够做到吗？

新郎和新娘共同回答：我们能够做到！（大家热烈鼓掌）

主婚人：我们大家都明明白白地听到了你们真诚的心声，据此，我们全体来宾、全体同志，在这个喜庆庄严的时刻，诚挚地希望你们兑现你们的诺言！祝愿你们恩恩爱爱、平等相待、风雨同舟、白头偕老！

第 7 项，司仪：下面，恭请证婚人——王大使夫妇，郑重地向新郎新娘颁发“结婚证书”。（乐曲换成《喜洋洋》）

第 8 项，司仪：现在请新郎新娘交换结婚戒指。（伴郎和伴娘帮助）

第 9 项，司仪：新郎新娘共饮交杯喜酒。（伴郎和伴娘帮助，来宾鼓掌）

第 10 项，司仪：新郎新娘甜蜜地接吻！（来宾热烈鼓掌，众喊：горько！——在俄语中作起哄用语）

第 11 项，司仪：面对祖国的方向，向养育了你们的亲爱的祖国，向远在祖国正深情地注视着你们并翘首以盼的亲人们，行鞠躬礼（三鞠躬）！面对全体来宾和全体馆员，感谢大家来参加你们的婚礼，感谢大家对你们的关心和照顾，向全体来宾和全体同事行鞠躬礼（三鞠躬）！

▲ 与在经商参处举办婚礼的新娘新郎合影。

第 12 项，司仪：婚礼舞会开始！首先，请新郎新娘先舞一曲（短小明快的舞曲）。然后，新郎新娘分别与证婚人——大使夫妇、主婚人——公使衔参赞夫妇、伴郎和伴娘结伴舞一曲。接下来，大家一起跳舞。

整个婚礼 20 多分钟后结束，气氛热烈，简洁明快，十分成功。

婚礼后，学习俄罗斯青年结婚的做法，由 5 辆车组成的车队载着新郎和新娘，到莫斯科红场向无名烈士墓敬献了鲜花。

事后，大家称赞说：这场庄重而热烈的婚礼，带有浓郁的中西风情，彰显了外交官的职业特点，充分体现了使馆经商参处领导对青年外交官的关怀，同时也引领了节俭办婚礼的风尚。

（此文写于 2013 年）

阳台种菜

在驻俄罗斯使馆工作期间，外交官们经常为吃不到新鲜蔬菜，特别是家乡口味的蔬菜而感到遗憾，因此，大家千方百计地想着法子自己种点瓜果蔬菜来解解馋。

莫斯科无霜期短，每年 5 月中旬还飘雪花，8 月底就下霜，无霜期只有短短的 3 个月，在这种条件下栽种蔬菜必须争分夺秒。开始，是在使馆西边的一片草地上，经过几代外交官的开垦，变成了大家种菜的“自留地”，每人能分到双人床大小的一块挥洒汗水、喜获丰收的田地。每位外交官任期届满，交接完工作，还要把“自留地”也交接给下一任。

每年的 4 月底 5 月初，天气转暖之时，每日晚饭后，使馆自留地的菜园子里便会人声鼎沸，呈现“闹春耕”的场面。有浇水的、有平整土地的、有播种育苗的、有搭架子的，好不热闹！至于能否有收获，则有两个因素很关键。一是防止“倒春寒”。5 月初，人们把种子种到地里，小苗刚钻出来，到 5 月底左右，准会有一场夹杂冰粒的春雨下过，嫩绿的菜苗，大都会被冻死，还需要补种，或者其他人因为防护设施做得好，保证菜苗幸免存活了下来且尚有多余的，从而讨要些来再移栽一批。二是防止乌鸦偷食种在地里的种子。人们常说，天下乌鸦一般黑，但是，莫斯科的乌鸦却是灰色的。这种灰乌鸦既狡猾又霸道，冬天莫斯科室外温度通常在零下 5 度至 10 度，同事们从商店买回来鱼肉、鸡肉、猪肉和冷冻饺子等，用塑料袋和纸箱存放好放到阳台上，利用这天然“冰箱”来保存。可是，放在阳台上的肉食，一旦被灰乌鸦发现，就在劫难逃了，狡猾的灰乌鸦趁人们到办公室上班时，偷偷飞来，将塑料袋和纸箱啄个洞，把里面的东西掏空。人们在菜地里下种育苗，怀有贼心的灰乌鸦远远站在树上，偷偷观察，把谁家种的豆角、谁家种的西葫芦等这些大粒种子都记住，等到了中午，地里没有人之时，这可恶的“小偷”便飞到地里，用力把土刨开，把种子吃掉，并且还专门挑大粒的吃。有一次，一位外交官的夫人发现灰乌鸦在偷她家地里的种子，便随手用砖头轰赶，没想到这只阴险的灰乌鸦怀恨在心，居然牢牢记住了这位夫人。没过两天，趁她出门办事时，这只乌鸦突然俯冲下来，凶狠地啄她的头，幸亏其丈夫迅速奔来，奋力赶跑了灰乌鸦，她才没有受伤。还有一次，俄罗斯报刊上报道说，灰乌鸦伤及幼儿园的孩子，因为管理员头一天轰过抢吃孩子食品的灰乌鸦，结果第二天，灰乌鸦便来报复，啄伤孩子的脸和头……唉！真是令人“啼笑皆非”啊！我们这些外来人，对如此“横行霸道”的俄罗斯灰乌鸦，均心有余悸，干脆施行“敬而远之”、“惹不起，躲得起”的政策，灰乌鸦偷吃了种子，我们就再补种，或者趁灰乌鸦不在的时候赶紧种，少去自找麻烦了。

▲ 我夫人石洁珍女士忙着打理自种的蔬菜。

后来，我们海关组搬到使馆外面，租住外交公寓，但我种菜的瘾头依然强烈，还想种，可是每天下班回家吃过饭，再返回使馆又很不方便，怎么办呢？我把使馆的自留地转让给一位新来的、还没有分到菜地的新馆员，再在使馆找了 4 个木制的旧包装箱，一字排在外交公寓 14 层朝南窗下、阳光能够照到的阳台上，然后用塑料袋，把街边花池子里厚厚的黑色泥炭肥料拎上来，倒入木箱内。在此，我需要特别说明一下，莫斯科负责绿化的市政当局，对居民从街边绿化地擅自取泥炭肥料回家种花的行动是默许的。就这事儿，我还曾询问过绿化人员，他们乐呵呵地说，这种泥炭肥料在莫斯科周边的森林里多得是，取之不尽用之不竭，再说有的居民取一点泥炭肥回家种花养草，也是一种绿化，所以用不着制止。

接着，我又托国内来莫斯科出差的团组，从国内捎带些黄瓜和弯子豆角的种子。我把这些种子浸湿后放在一个碗里，上面盖上纱布，搁在厨房暖和的灶台上，3 天过后，种子吐出了芽嘴。紧接着，我小心翼翼地把发了芽的种子分种在 4 个箱子里，两个箱子种黄瓜，两个箱子种豆角，把种子埋下后浇透了水。第 3 天，黄绿色的幼苗“钻”出来了！事不迟疑，我赶紧到外交公寓附近的树林里捡拾了一些干树枝，搭起了黄瓜架和豆角架。第 7 天，嫩绿的小苗开始顺着架子爬蔓了。半个月后，黄瓜和豆角叶子就把我家的窗户遮盖了一层“绿幔”，很快，黄瓜开的黄色喇叭花和豆角开的小公鸡型紫色花朵点缀其间，使原先单调枯燥的阳台一派生机盎然。第 20 天，第一批小黄瓜和绿豆角挂在了秧上。看着这些天天向上、几天一变样的小生灵，我们心里充满无限的希冀和兴奋。不到 1 个月，我家收获了第一批劳动果实：3 条黄瓜和半斤豆角。然后，我夫人石洁珍大展厨艺，一盘木须黄瓜片、一盘肉丝焖豆角端上了餐桌。吃着自己双手种出的蔬菜，心情那个舒坦啊，从嘴里一直香甜到心里！

算下来，我家两架黄瓜共结了 35 条中国长条黄瓜，比俄罗斯当地产的和进口的短黄瓜味浓而香脆；两架豆角共收获了七八斤弯子豆角，口感也极佳。我们用这些劳动成果，招待了外交官同事和公司代表处的朋友，大家称赞说，吃着这些用中国种子种出来的蔬菜，仿佛又回到了日夜思念的、亲爱的祖国。

（此文于《金钥匙》杂志微信平台
2014 年 4 月 4 日刊发）

过芬兰边境，遇有惊无险的“麻烦”

自2002年以后，外交人员及其家属，可以利用黄金周长假时间，到与俄罗斯接壤的国家去旅游。为了安全起见，使馆要求旅游要有组织地集体进行，每个团组务必有一名参赞级的干部带队。2003年“五一”长假期间，由我发起组织北欧四国旅游团，报名人数36人，其中家属占到17人，我自认带队的团长。为便于管理，我将36人按单位分成4个组，每组9个人，并指定一名召集人，每次活动，都要由组长点名，报告人数。我兼任了第4组的组长，这个组多是零散单位的家属，彼此都不太熟悉。我们6天的旅程进行得很顺利，然而，最后一天返回俄罗斯，在过芬兰边境时，却遇到了一件“有惊无险”的麻烦事，现在回想起来，仍然有点后怕。

▲ 在芬兰首都赫尔辛基街头的管风琴雕塑前留影。为纪念芬兰著名作曲家西贝柳斯，在赫尔辛基市内建造了西贝柳斯公园。西贝柳斯的纪念碑是由数百条钢管组合成的一架管风琴。

事情的经过我记得十分清楚。由芬兰首都赫尔辛基到芬兰——俄罗斯边境，旅游大巴要开1个半小时。途中，在距离边境约8公里处，设有一休息区，这也是离开芬兰的最后一个休息区。旅游大巴进了休息区，我宣布在此处休息半个小时，大家可以上上洗手间，买买纪念品，把剩余的欧元花掉，或者换成美元。当时，紧随我们这辆旅游大巴，接连又开进来4辆旅游大巴。游客们三三两两地从车上下来，均在这最后一站休息、买东西、换外汇。见此情景，我马上意识到，一会儿过边境时肯定要排大队的，于是，我决定提前10分钟开车，争取在过边境时排在前面。各组召集人四处找各组的人，不一会儿大家上了车，我说明提前开车的理由后，便清点人数，一、二、三组人数都齐了。轮到第四组，我把自己算上才8人，明明少了1人，可我偏偏因为忙于招呼大队伍，居然犯了个低级错误，完全没意识到算上我自己一共要9个人才对，便错误地确定人都到齐了。于是，我们的大巴提前向边境驶去。

▲ 我和夫人石洁珍在赫尔辛基市著名的白色大教堂和俄国沙皇统治芬兰时期建造的亚历山大二世铜像前留影。

10分钟后，大巴开到了芬兰边境移民局，大家下车后收护照，每组都交上来9本，唯独我当组长的第四组只有8本，为什么？当我再次点名时，发现少了一个来使馆探亲的家属，此人是新华社国内部的记者，几天的旅游，他喜欢独自一人活动，这次在最后一站休息时，他没和大家在一起，提前开车他不知道，把他落在最后的休息区了。怎么办？我急中生智，让第一组组长组织大家排队过关，我向迎面开来的一辆拉达车奔去，开车的是一位20多岁的俄罗斯小伙子，车停后他问我有事吗？我马上拿出外交官证给他看，说明一位同事落在距此8公里的休息站了，请他帮忙开车回去接一下，说着我掏出100美元塞给他。小伙子二话没说，让我上车，只见他挂上倒挡，一踩油门，车飞一般地向后开去。我问他为什么倒着开？他说，这条路是单行线，只能前进，如果我们反着开，芬兰边防人员在监视器里发现会出来制止的，我们头朝前往后开，他们不容易发现。就这样，我们倒着开了1公里，离开边境监管区，小伙子才把车头倒过来，急速向休息区驶去。进了休息区，嘿！新华社的那位记者正在我们大巴停车的地方悠闲地抽着烟呢！看到我来了，他慢条斯理地掐灭烟，若无其事地上了车。他说，我相信你们会来接我的。我问假如我不来接你，你又不会说外语，怎么办？他说那我就打车返回赫尔辛基的中国大使馆。我问，你不会说外语，怎么打车找中国大使馆？他说，我画一面五星红旗给司机看，准能找到。听了他的话，我心里暗暗佩服，人家记者还真是见多识广、遇事

▲ 旅游团乘坐的穿梭于瑞典和芬兰两国首都之间的豪华邮轮，经过一夜的航行，凌晨时分正缓缓驶入赫尔辛基市的港口。

不乱，真不愧为“无冕之王”啊！ 10分钟后，当我们出现在大家面前时，大家不约而同地欢呼起来。

我们一块验完护照，准备上路时，我再次郑重地感谢开车的俄罗斯小伙子。他找我要了一张名片，然后笑眯眯地说，能为中国外交官、能为中俄友谊做点事，这是我的荣幸！说完，把100美元还给我，一踩油门，红色拉达迅速启动驶向远方。看着越变越小的红拉达，品味着小伙子的话语，我心里涌起一股热流。

（此文写于2013年）

令人难忘的口岸组活动

1996 年 12 月 28 日，中俄两国总理在莫斯科商定，建立两国总理会晤机制。为保证会晤的成果，由两国政府的一名副总理担任会晤委员会主席，下设经贸、交通、能源、军贸、文化教育等 5 个分委会，每个分委会又下设若干小组。中国海关是交通分委会下设的口岸组的中方组长单位，这个组的成员有铁道部、外交部、交通部、公安部（边防）黑龙江口岸办等；而俄方口岸组的组长单位是边防总局，成员有海关委员会、交通运输部、外交部、铁道部和 4 个与中国毗邻的边疆区、州政府。口岸组的使命是为交通分委会疏通口岸，为建立良好的通关秩序服务。总理会晤委员会决定，每年交替在中俄两国召开委员会和分委会会议，总结一年工作的情况，提出下一年要解决的重点问题，为两国政府总理一年一度的会晤做准备。1997 年，即成立的第二年，使馆海关组就承担为两国口岸组共同工作进行沟通、协调、翻译，以及部分后勤保障任务，总的来说，任务完成得不错。

根据工作需要，从 2000 年起，我被正式批准成为中方口岸组成员，每年参加两次活动，一次是深入口岸一线，进行调研，另一次是参会。在这些亲身经历的活动中，有 3 件事给我留下了深刻的印象。

一是途径奥姆斯克。那是在 2000 年 8 月中旬，我第一次参加口岸调研。双方商定，调研的起点为满洲里，明确 8 月 9 日口岸组成员在满洲里汇合。根据国内的指示，我从莫斯科直接去满洲里。出发前，我打听了一下，从莫斯科出发到达满洲里需要两天时间，期间需要先坐飞机到西伯利亚的奥姆斯克，再从奥姆斯克换乘飞机到赤塔，从赤塔再转乘火车到后贝加尔斯克，然后过境才能到达满洲里。为了安全和方便，我通过参加此次调研的俄罗斯国家海关委员会国际局副局长谢尔盖，与带队的俄罗斯边防总局副局长丹钦商定，我与他们同行，我的机票、火车票、食宿也均由他们统一负责解决。8 月 6 日下午 4:40，我们一行 10 人从莫斯科出发，当晚 9:20 飞机降落在奥姆斯克机场，我们需要在此停留 1 个半小时，再换乘另一班飞机去赤塔。一下飞机，丹钦副局长就带着审视的目光东看看，西瞧瞧，一句话也不说，弄得迎接陪同的当地边防负责人不知所措。大约过了半个小时，视察完毕，他当着我这个外国的外交官和俄罗斯其他口岸部门人员的面，就旅客进出口狭窄、指示牌英文标示不够鲜明、厕所有异味、边检人员着装不够整齐等问题，批评了当地边防人员。当地边防负责人脸红一阵白一阵，边记录边擦汗，最后邀请我们一行到会客室休息，说那里备好了烟酒茶点心和水果。丹钦气还没消，一摆手说，哪儿也不去，就坐在候机厅，体验一下旅客候机的感觉。这一下子，可真让当地边防负责人下不来台了。丹钦绷着脸，当地边防负责人就始终傻愣愣地站在旁边，一直到我们一行上了飞机。丹钦副局长对下级的严厉，真叫我开了眼界。

▲ 口岸组沿中俄边境检查通关情况时，我在中俄边界 374 号界碑前留影。

二是“一个没有了却的心愿”。飞机到达赤塔已经是深夜 1:40，当地州政府外经贸局长接机，安排我们一行到饭店下榻。第二天吃过早饭，海关同行谢尔盖先生来到我的房间说，他们要开会，让我上午休息，午饭在饭店吃，下午自由活动，傍晚6:10大家一同乘火车赴边境城市——后贝加尔斯克，晚饭在列车上吃。说完，他用有点不好意思的眼光瞅着我。我理解了他们的意思，这些从莫斯科来的人要和地方官员沟通情况，商议向中方提出的建议，当然不能让我知道。我赶忙知趣地表示，你们忙吧，我正需要一点自由活动的时间，好好看看向往已久的赤塔市。我把谢尔盖送到门口，迅速收拾一下便到大街上去闲逛，用急切的目光搜寻着这座在我心里比莫斯科更亲切的、充满两国人民友谊的城市。

我之所以这么说，是因为我读小学四年级时，少年心灵曾经被一篇介绍女英雄徐学惠不平凡经历的课文，深深地打动过。

20世纪50年代初，在我国云南瑞丽，一个银行储蓄所值夜班的营业员徐学惠，半夜被异样的响声惊醒，发现有6个歹徒持刀闯进来抢钱，当时，她只有一个念头：钱是国家的财富，死也不能让坏人抢走！于是，她大声喊了起来："快来人呀，坏人抢钱啦！"歹徒上来卡住她的脖子，不让她喊，她仍拼命挣扎，继续喊，丧心病狂的歹徒用刀豁开了她的嘴巴，女英雄不顾一切死死抱住钱箱，凶狠的歹徒把女英雄的双手砍断了。由于她的顽强搏斗和高声呼喊，保卫人员及时赶来，击毙了匪首，生俘了其余5个歹徒。钱箱保住了，女英雄的名字很快名扬四海。在讲授课文时，老师还给我们读了报纸上登载的，徐学惠应赤塔整形器材厂厂长洛马诺夫的盛情邀请，来到赤塔安装假肢，受到赤塔人民亲人般的接待和照顾的生动报道。从那时起，我就萌生了一个念头，要亲眼看一看这座充满两国人民友谊的城市和整形器材厂。如今，这个机会终于来了，怎能放过？我问路人，赤塔整形器材厂在哪？怎么走？路人回答，不知道！我又赶忙拦下一辆出租车，向出租车司机打听，可得到的答复也是不清楚！唉！也难怪了，这已经是40多年前的事了，时过境迁，后来的年轻人是不会清楚的！无奈之下，我只好在街上漫无目的地转悠。就这么一逛，我发现赤塔市其实是一座美丽的山城，弯弯曲曲的街道掩映在天然松林中，相比繁华现代的大都市，显得别有洞天，颇具特色。我看了大街上矗立的纪念碑，参观了

12 月党人博物馆，欣赏了具有俄罗斯风格的邮局和教堂，直到午饭前，我才怀着既满足又有点失望的心情返回饭店。

三是俄罗斯边防局长丹钦畅谈中俄友谊。俄罗斯边防总局副局长丹钦少将，个子不高，长得有点像普京，话语不多，一脸严肃相，对下级十分严厉，批评的话语多于肯定和表扬，但对中国同行却很有礼貌，和我们说话时脸上总是挂着笑容。一次，谈到中俄友好的话题时，这位不善言辞的少将却打开了话匣子，他说，无论从双方的国情，还是面对复杂严峻的国际形势，以及友好的交往历史的角度，中俄两国都必须建立战略协作伙伴关系。西欧可以取消边界和海关，比利时的人可以到德国去工作，法国的姑娘可以嫁给荷兰的小伙子，为什么我们就不能做到这一点呢？一是各自的民族自私在作怪，二是双方都还不够富裕，越斗越穷，越穷越斗。待到我们两国经济发展了，国家富裕了，我相信，我们的边界也会消失，边界会成为友好的桥梁，到那时，俄罗斯的姑娘会嫁到中国去，中国小伙也可以到俄罗斯来工作、定居，这一天一定会到来的。我们这些管理口岸的人员，要多做友谊的工作，遇到困难要换位思考，多替对方考虑，相互理解，克服一个个影响友好交往的障碍，不断提高友好交往的水平，为实现“取消”边界这一天的到来而努力。

▲ 我随口岸组到达中国疆域最东边的乌苏镇留影。

丹钦少将的憧憬，代表了当时相当一部分俄罗斯人的心愿，我们中国人何尝不希望这种愿景实现呢？我认为，这样的人是中俄友谊的中坚力量，代表了两国关系发展的历史大方向。

（此文写于 2013 年）

追忆外交家王荩卿大使二三事

在驻俄罗斯大使馆连续工作的 12 年当中，我历经了 5 任大使。

王荩卿大使，是我 1992 年 10 月刚到驻俄罗斯大使馆任职，接触到的第一任大使，有关他的事情，我已经通过其他老同事的介绍，略知了一些。当我正式前往莫斯科赴任，专程向时任海关总署副署长宿世芳同志告别时，宿副署长顺便写了一封短信，问候王大使并请王大使对我多加关照。他还饶有兴趣地向我介绍了 30 多年前，他和王荩卿同志一起在驻苏联使馆工作时，王荩卿同志搞恶作剧的一段趣闻。

那时，王荩卿和宿世芳都在使馆商务处工作，均是 20 多岁的小青年，属于一个团小组，宿世芳是团小组长。一天，时任商务参赞李强同志让秘书小孙去 201 宿舍取一份文件，但小孙迟迟不肯行动，原因是前不久，有一个人在 201 宿舍去世了。见此情景，调皮的王荩卿顿时计上心头，他迅速悄悄地溜进 201 宿舍，将房门虚掩开一条缝，并在门上放了一把扫地的笤帚，想等小孙开门时，吓吓他，开个小玩笑。准备妥当后，王荩卿就躲进小孙的宿舍看热闹。不曾想，胆小的小孙犹豫再三，就是不敢进 201 宿舍的门。等不及的李参赞，不得不亲自来到 201 宿舍找文件。他一推门，“咚”！一把笤帚便正正地砸到了头上，宽宏大量的李参赞心想这是谁搞的恶作剧啊？也没当一回事儿，径直进屋翻找文件，仍然没有找到，于是，又快步走到小孙宿舍来找小孙。躲在此处的王荩卿听到脚步声，以为是小孙来了，赶忙躲到门后，待到李参赞一推门，王荩卿“嗷”地大叫了一声。呵呵，这下可就惹祸喽！他万万没想到，自己吓的压根儿不是小孙而是一脸严肃的李参赞！只听见李参赞厉声喝道：“你还有完没完？”说完扭头去找小孙了。忐忑不安的王荩卿赶紧找团小组长检讨“错误”，讨教改正的办法。宿世芳同志批评了他的冒失，然后出主意让他在食堂等着每天总是最后来吃饭的李参赞，当面作检讨，求得谅解。当天午饭时，姗姗来迟的李参赞刚打完饭坐下要吃，“惹了祸”的王荩卿凑到桌前，低声检讨道：“李参赞，我错了！我不该……”没等王荩卿说完，李参赞打断他的话问道：“错了什么？”王回答：“我不该用笤帚砸您，不该躲在门后吓您。”听后，李参赞笑了起来，说道：“就这事儿？我早就忘了！开开玩笑，有什么好检讨的！去吧，别当回事儿！”

1992 年 10 月 1 日国庆节当天，我到使馆经济商务参赞处报到。10 月 2 日，使馆文化处在莫斯科租了一个宽敞的剧院，举行庆祝中华人民共和国成立 42 周年电影招待会。我们处分配得到 5 张票，经济商务参赞处公使衔参赞卢树棠同志批准，我获得了参加招待会的资格，将与他一道，搭乘挂着国旗的大使专车前往出席，这是我第一次以外交官的身份参加使馆的外事活动。

开车之前，我从卢树棠公参那了解到，在来俄罗斯任职之前，王荩卿同志担任过驻保加利亚和罗马尼亚的特命全权大使。在担任罗马尼亚大使时，他从驻在国的实际出发，独立思考，连续向国内报告，罗马尼亚共产党严重脱离群众，国内矛盾激化，随时都有发生不测事变的可能。罗马尼亚果然发生了政变，齐奥赛斯库总统被枪毙。残酷的现实证明，王荩卿同志的意见是正确的，中央决定召回这位有主见的大使，改派为驻苏联的特命全权大使。临上任之前，中央领导与他长谈，王大使认为，苏联的解体也是早晚的事。果然，带着国书赴任的他还没有来得及递交，苏联就解体了，于是，王荩卿同志又被改派为驻俄罗斯的特命全权大使。就这样，未能就任驻苏联最后一任大使的王荩卿，旋即变成中国驻俄罗斯联邦的首任大使。上车后，我近距离仔细观察了一下这位富有传奇色彩的特命全权大使，只见他个子不高，花白的头发有点谢顶，圆脸庞上闪烁着一双炯炯有神的大眼睛，一身深色西装衬托出外交官的身份。我把宿世芳副署长的信转交给他，他略微扫视了一下，便让我有机会替他转达对宿世芳同志的问候。

电影招待会由使馆文化参赞主持。电影开演前安排了讲话，先由文化参赞介绍了举办电影招待会的目的、参加人员等，接着请中苏友好人士、资深外交家费德林讲话。他一开始祝贺中国国庆节，讲了中华人民共和国建立的意义，接着话锋一转，就联系俄罗斯的实际，高声批评当时的叶利钦政府。这一下可捅了“马蜂窝”，台下听众席立刻爆发出此起彼伏的反驳声和责骂声，有的人甚至要冲上台发言，会场气氛十分紧张、混乱，费德林的发言也无法进行下去了。就在这十分尴尬的场面中，只见王大使缓步走上讲台，充分展现出他外交家处变不惊、镇定自若的风度和水平。他走到台中央，先是毫不在意地笑了笑，接着用熟练的俄语讲道：“大家该说的都说了，该表达的也表达了，首先，我代表中国大使馆对今天出席这场电影招待会的各方人士表示热烈欢迎和感谢！”会场爆发出热烈的掌声。此时，会场安静了下来，接着王大使便开讲中俄两国人民友好的传统，加强两国友谊的重要性，以及对继承和发展友好合作的祝愿。他的讲话被一阵阵掌声打断，一场危机就这样被化解了。全场观众怀着复杂的心情观看了反映中国改革开放的纪录片。在返回使馆的的路上，我怀着敬佩之心问王大使，面对混乱的场景，当时他是怎么想的。王大使回答道，我们的外交方针是不干涉别国的内政，使馆当前的任务就是多做继往开来的工作，对于他们两派的争论，我们不好评论，只要从两国友好的大局出发，正面引导，外交工作的路子会越走越宽。是啊，此前面对惊心动魄的混乱局面时，王大使施展出的卓越的外交才能，以及化险为夷的言语和行动，给我上了生动的一课。

在与王荩卿大使接触的两年多的日子里，他对外交人员的培养、关爱在几件小事中就足以体现。

一是他亲自拟定书写电报的格式和要求，亲自修改一封封发回国内的电报。

二是他曾经两次在生活细节上对我加以“关照”。第一件事，是国内托人给我捎来一件新西装，当时国内流行把商标钉在袖口上。我穿着这件“时髦”的西装参加活动时被王大使发现了，他说，外交官穿着要庄重，不能赶时髦。活动结束后，我赶紧把钉在袖口上的商标拆掉了。第二件事，是有一次去食堂吃饭，为了抄近路我没走台阶，而是从近处一步跨上了通往食堂的甬道，被王大使看见了，他把我叫住指出，外交官的行动坐卧要有样儿，不能忽视小节，当时就把我闹了个大红脸。

此外，还有一件事，是在经济商务参赞处的两位同志的结婚典礼上，王大使除了祝福之外，结合自身的体会讲了一番年轻夫妻要相互体谅、相互支持、恩恩爱爱、白头偕老的道理，仿佛在谆谆教导自己的子女一样，关爱之心溢于言表，给我留下了深刻的印象。

如今，王荩卿大使已经仙逝，但他的外交风范，以及留给我们的宝贵的精神财富，永远激励我们去为实现中国梦努力奋斗。

（此文写于 2013 年）

《祖国进行曲》的故事

在此，我要讲述一个伴我一生的关于一首歌曲的故事。

55年前，我在上小学时学会的第一首外国歌曲，是当时社会上很流行的苏联歌曲《祖国进行曲》。歌曲开头有几句豪迈大气的歌词："我们祖国多么辽阔广大，她有无数田野和森林，我们没有见过别的国家，可以这样自由地呼吸……"这首歌像咚咚作响的鼓点，震撼着我童年的心灵；像滴滴入土的雨露，催生着我热爱新生共和国的情丝。哼唱着这首铿锵雄壮的歌曲，怀着为祖国而学习的志向，我踏进了中学的校门。

45年前，我以优异的成绩，完成了中学学业，考入大学学习俄罗斯语言文学专业。教材中，有一篇课文就是《祖国进行曲》的歌词。老师说，这首歌曾是苏联的第二国歌，一段时间曾作为莫斯科广播电台的开始曲。这首歌的歌词是在乐曲谱成后，词作者一气呵成写就的，是一首优美的俄语抒情诗，作者对自己祖国深厚的热爱之情，淋漓尽致地倾注在了歌词的字里行间。俄文的原著，使我对这首十分喜爱的歌曲理解得更透彻更直接，它像磁石一样吸引着我，反复朗读，反复揣摩，深刻体会着歌词的意境，我一口气把它背得滚瓜烂熟。课堂上背诵课文考试时，我声情并茂地把它背诵出来，老师非常高兴地给了我5分。

40年前，大学毕业，我怀着为祖国富强而工作的豪情，被分配到海关工作。做了海关人，我才彻底懂得，海关的兴衰与国家的兴衰息息相关，海关工作是和祖国利益密切相连的。海关的老领导告诉我，1840年第一次鸦片战争战败后，我国丧失了海关的行政权和关税自主权，当时中国海关的总税务司、税务司等重要管理职务，中国人无权担任，全都由洋人来担任，中国关税的税率也由洋人来制定，洋人把持着中国海关，疯狂掠夺中国的资源，吸吮中国人民的血汗，海关成了帝国主义蹂躏祖国的罪恶工具。新中国成立后，海关回到了人民的怀抱，新中国的人民海关在祖国的社会主义改造、社会主义革命和建设，特别是改革开放中，打击走私，征收关税，依法行政，为国把关，为维护国家主权、保护国家利益、促进经济和社会发展，作出了突出的贡献，成为把守祖国经济大门的“金钥匙”。因此，对海关，对海关工作，我满怀由衷热爱之情。我积极向上，不断努力，由于工作成绩优秀，职务从一般工作人员逐步提升为副处长、处长、副局长、局长。

▲《〈祖国进行曲〉的故事》一文获奖后，我参加了颁奖会。会后，获奖者应邀参观了中央人民广播电台“经济之声”播音室。图为我（右一）和夫人石洁珍（左一）与著名播音主持人、“金话筒”奖获得者马黎同志的合影。

20年前，为了开展与外国海关的合作与往来，受组织派遣，我来到了《祖国进行曲》的诞生地——俄罗斯，成为一名光荣的外交官和中国海关的代表。在这里，我积极努力地为祖国工作，同时，也亲眼目睹了苏联人民为自己的国家解体而经受的各种磨难，诸如社会动荡、物价飞涨、企业倒闭、工人失业，以及饥饿、吸毒、抢劫、自杀……每当我和俄罗斯海关同行在一起聚会，大家欢迎我表演节目，我会动情地唱起《祖国进行曲》，开始他们会情不自禁地跟着哼唱，但唱到最后，有的满含热泪，有的哽咽着低头不语。在驻俄罗斯使馆工作的12年里，遥望东方的社会主义祖国，犹如一轮红日蒸蒸日上，在改革开放的大潮中，祖国在蓬勃发展，国力日益强大，国际威望快速提升，经济增长翻番，香港和澳门回归，申奥成功……喜讯不断传来，俄罗斯朋友投来的羡慕和祝贺的目光也越来越多。

我清楚地记得，1999年12月20日，是澳门回归的大喜日子。此前一天，莫斯科下了一夜的大雪，积雪足有半尺厚，汽车被掩埋在雪堆里。当天，使馆要召开大型庆祝招待会。早晨，我带着工具走出楼门，准备清扫汽车上的积雪时，眼前的场景让我呆住了，只见我的小轿车已经被清扫、擦洗得干干净净，静静地停放在车位上。正在我纳闷不解之时，外交公寓值班室走出两位俄罗斯保安人员，他们来到我跟前，异口同声地说：参赞同志，今天是你们祖国大喜的日子，为了表示俄罗斯人民的祝福之情，我们两人把中国外交官的车清洗干净，让您高高兴兴地开着漂亮的汽车去参加庆祝澳门回归招待会，请上车！

5年前，我带着俄罗斯海关颁发的“加强海关合作”荣誉奖章，奉调回国。飞机徐徐降落在我日夜思念并为之骄傲自豪的祖国首都机场。当我走出机舱门，看到飘扬在机场上空的五星红旗时，一股热流涌上心头，顿时眼里满含激动的泪珠，心里默念着，祖国母亲啊，您的儿子圆满完成了您交付的使命，现在回到了您的怀抱！我清楚地记得，当时我是哼唱着《祖国进行曲》，坐上海关总署派来迎接我的汽车回家的。

（此文获中央人民广播电台举办的“我与新中国风雨同舟”大型征文活动优秀奖，2009年9月2日在中央人民广播电台经济之声《新鲜早世界》节目中播出）

告别莫斯科

1994年春天，时任海关总署署长钱冠林同志出访俄罗斯海关，商务处领导让我全程陪同，其间，钱署长问我想不想回海关工作。我感谢署领导的关怀，提出能不能让我干满4年的一个任期。钱署长说，等你干满一个任期，国内海关恐怕就没有适合你的位子了，你要认真考虑一下。我权衡利弊，考虑再三，最后向署领导表示，决定留在使馆，干完一个任期。1996年我的第一个任期届满，商务处领导认为我干得不错，打报告申请给我延期一年，过了一年又给我延了一年。

▲ 时任俄罗斯国家海关委员会第一副主席洛兹宾科先生率5位司局长为我送行。

1997年10月，海关总署发函将我调回，正式作为海关总署派出的代表，又重新返回使馆工作，这一干就是7年，直至退休。前5年后7年共12年的外交生涯里，我以一个海关外交官的身份，牢记党的教导，努力践

▲ 俄罗斯海关同行送我鲜花，表达依依惜别之情。

行海关外交官的使命，在服务中俄两国海关交往、服务外交、服务中资企业和华商、服务使馆等4个“服务”上，努力下了一番工夫，收获了丰硕的果实：商务处两次为我延期；海关总署任命我为正厅级海关参赞、一级关务监督；俄罗斯国家海关委员会授予我“加强海关友谊奖章”……为此，我感到骄傲与自豪！

2004年9月，我已经61岁，超过退休年龄一年，海关总署才派张建同志来接替我的工作。在离任告别的那段时间里，我整天沉浸在激动、兴奋的情绪之中。工作交接、告别朋友、打点行装等，忙得晕头转向，饭局一个接一个，告别一场接一场，半个多月里排得满满的，其中有几个片段给我留下了极为深刻的记忆。

10月21日，俄罗斯国家海关委员会第一副主席洛兹宾科率5位司局长，专程将我请到海关委员会贵宾室，为我举行告别仪式。年轻漂亮的女关员将一大束康乃馨献给我；副主席讲话，给我“歌功颂德”；司局长们轮流陪我喝香槟酒，说着感谢和祝福的话；赠送俄罗斯海关关徽、关帽和精美礼品；个别和集体合影留念。最后，大家一起把我送到大门口，我逐个和欢送的主人热烈拥抱，他们挥着手，一直目送我坐的汽车消失在大街尽头。

10月23日下午，各国驻莫斯科的海关专员俱乐部在德国大使馆，为我召开送行招待会。会上，俱乐部主席——海关委员会国际局长发表了热情洋溢的告别辞，充分肯定和赞扬我在加强海关合作和友谊方面所做的工作；芬兰、哈萨克斯坦的海关专员也登台讲话，表达依依不舍的告别之情；俱乐部向我赠送纪念品；品尝美味的德国自助餐。招待会在一个小时欢快的舞会之后结束的。两年后，我随一个公司代表团到莫斯科出差，恰逢海关专员俱乐部在印度大使馆举行活动，他们知道我到莫斯科出差，还特意邀请我去参加，并请我介绍回国后工作生活的情况及感想。

在我启程回国的前一天晚上，刘古昌大使夫妇专门在家为我们夫妇举行告别家宴，大使夫人亲自下厨炒菜。饭前，刘大使亲自用二胡和葫芦丝演奏了一曲《送别》。据说，大使夫妇这样盛情欢送离任的参赞还是第一次呢。

在登机的当天下午，张建参赞和海关组的3位同仁，陪我们夫妇喝了壮行酒，并赠送了纪念品。我当时十分激动，赋诗一首《别战友抒怀》：

鲜花香槟述衷肠，
同行聚会话感想。
武馆设宴品香辣，
大使拉琴奏乐章。
巡回磨砺金钥匙，
开启友谊锁邻邦。
相机金笔录晚霞，
后续华章更辉煌。

（此文写于2013年）

海关外交业务篇

当好“耳目”、“桥梁”和“盾牌”

20世纪90年代末，经济全球化、区域经济一体化深入发展，给海关服务经贸工作提出了新的课题。海关的监管和服务工作仅仅局限于国内或边境以内是远远不够的，必须前推拓展海关监管服务的时空，走出国门，到与我国海关业务联系密切、进出口业务量大的国家设立海关机构，这已经成为发展的趋势。在征得外交部、外经贸部和我国驻相关国家或地区使馆及外交机构的同意后，海关总署党组决定，在驻比利时使馆已有海关处的基础上，又先后派出人员在驻俄罗斯、驻美国使馆和香港特别行政区组建独立的海关机构。驻俄罗斯使馆先组建了挂靠在经济商务参赞处的海关组，后来独立升格为海关处。

当年召开的年度海关关长会的报告响亮地提出，海关的外事工作要服从于、服务于国家的外交工作，充分利用海关按照国际惯例享有的有利条件，为国家的外交事业、外经贸事业多做工作。据此，海关总署要求外派的海关外交人员要当好“耳目”、“桥梁”、“参谋”和“盾牌”，为党和国家的外交工作、外经贸工作和海关工作做贡献。

当好“耳目”是驻俄罗斯使馆海关组的首要任务。对于俄罗斯或者原苏东地区国家的海关动态、改革举措、政策调整、市场变化、外贸新政、对华贸易的动向等，使馆海关组均要及时地了解掌握，迅速报回，并提出建议。此外，从事价格调研工作的同志，克服重重困难，获取了大量第一手的价格资料，及时报回国内海关的价格部门，为国内北方片区的与俄罗斯相邻的5个直属海关的征税估价工作，提供了翔实的价格数据，有力地打击了低瞒报价格、偷逃关税的不法行为。粗略统计，这项工作的开展，每年为国家避免税收流失数额达上亿元人民币。

保护在俄罗斯从事经贸活动的中资企业和华人华侨的合法权益，也是使馆海关组的职责之一。为了避免或减少损失，在加强宣传教育的同时，充分利用海关人员的合法身份，与俄罗斯海关同行进行沟通和交涉，千方百计地维护中资企业或华人华侨的合法权益，充当其强有力的“盾牌”。这方面的事例，不胜枚举。

▲ 俄罗斯国家海关委员会瓦宁主席的夫人（左三），在国际局局长夫妇（左一、左二）的陪同下，于2003年国际“三八”妇女节来我驻俄使馆参加招待会。

我在驻俄罗斯使馆任职的12年当中，之所以受到两国海关领导部门的表扬，是与在加强两国海关友好合作中，较好地发挥了“桥梁”和“参谋”的作用分不开的。20世纪90年代初，北京首都机场海关监管手续已经较便捷，旅客通关也很方便了，中外旅客反映很好。但是相比之下，莫斯科国际机场海关监管手续繁杂，行李物品细查细验，通关效率低下，旅客反映较差，每次到机场接送客人都听到抱怨。我不止一次地向俄罗斯海关同行提出建议或意见，但收效不大。于是，在征得海关总署和北京海关的同意后，我便主动建议两国首都机场海关建立友好“姊妹关”关系。经过一年多的努力，两关相互换文，各自报批，最终达到目的。两关相互派员进行观摩学习的时间不长，就收到了明显的效果，莫斯科国际机场海关监管手续简化了，旅客通关速度加快了，抱怨声也随之消失，这些进步和改进与海关间相互学习借鉴不无关系。

由于我真心实意地为两国海关友好交往服务，在涉及与中国海关打交道的问题上，经常给俄罗斯海关同行出主意、提建议，为他们解决实际困难，他们戏称我是俄罗斯海关的“编外”关员。例如，莫斯科国际机场海关要增设中文的申报单，请我翻译；逢俄罗斯海关代表团出访中国海关，在日程安排、礼品准备等方面，俄罗斯国家海关委员会国际局有时也向我咨询。有一次，俄罗斯海关出版社代表团访华，而这个代表团的团长恰好是俄罗斯国家海关委员会主席的夫人，国际局十分重视，便事先将我请去，协助进行准备。恰巧此时，全国人大法工委正在审查海关关衔的议案，要求海关总署在一周内报送外国海关实行关衔的做法和肩牌标志。我接到海关总署人教司的命令后，正在考虑怎样完成呢，这不，机会就来了嘛！我便将国内的需求向俄罗斯海关朋友说明，建议代表团的礼物就送俄罗斯海关的肩牌标志。他们采纳了我的建议，结果这份非同一般的“厚礼”来得及时又实用，大受欢迎。为此，加上以前为收集、翻译俄罗斯海关职衔规定所做的努力，我还获得了海关总署给予的特别奖励呢。

（此文写于 2013 年）

解了燃眉之急

1998年9月15日傍晚6点多，使馆能容纳500多人的电影厅座无虚席。应邀前来观看中国新疆民族歌舞团演出的各国驻俄罗斯的使节、国际组织驻俄罗斯代表处的代表及夫人们，兴趣盎然地期待着观看这场充满异国民族风情的文艺演出。

7点钟，舞台后边的铃声响起，明亮的灯光把舞台照得通明，紫红色的天鹅绒幕布徐徐拉开，穿着靓丽民族服装的男女报幕员，分别用汉语和俄语宣布："中华人民共和国新疆民族歌舞团访问演出，现在开始！"话音刚落，台下响起了热烈的掌声。伴随着掌声，坐在后排陪同观看演出的我，不由得想起了那令人焦虑的中午。

中午下班回到家，刚端起饭碗，急促的电话铃响起，是谁这么急，午饭时间还打电话？我三步并作两步冲到电话机旁，拿起话筒，电话的那头传来大使命令的口吻：孟参赞，吃完饭两点钟到我办公室来，有急事商量！说完，不容询问和商量就把电话挂了。外交官是"文装解放军"，我们已经习惯了执行命令不打折扣的作风。我赶紧扒拉几口饭就开车往使馆赶。车从卢布大街转到库图佐夫大街时正赶上堵车，怎么办？我当机立断开上了上下行车道中间的"霸王道"。在莫斯科为了应付堵车，交通部门特意在上下行车道中间开辟出一条仅供紧急使用的只有一辆车宽度的特殊通道，人们戏称"霸王道"。一般在"霸王道"的尽头往往有交警把守，进行抽查，对于不符合走"霸王道"的车的处罚是很严厉的。我边开边思考着应付交警检查的理由，3公里的"霸王道"跑完，果然有一名交警在巡视，当我的车开到他跟前，发现是一辆"红牌"外交车，他略微思考一下，就把头转向一边去了，示意不用检查，可以开下"霸王道"，我这才松了一口气。两点钟，我准时赶到大使的办公室。敲门进去后，发现除大使外还有两名中国人。见我来了，武大使脱口而出：“‘救星’来了！”经过介绍，那两位是新疆歌舞团团长和行政科长。没等我落座，武大使便把急切找我的原因和交代的任务一口气说完了……

按照当年中俄两国文化交流协议的规定，当年9月中旬，中国将派出新疆民族歌舞团来俄罗斯进行交流演出。为了扩大影响，增加演出效果，使馆党委决定，在歌舞团正式演出之前，在使馆电影厅加演一场，以武韬大使的名义邀请世界各国驻俄罗斯的外交使节和国际组织驻俄罗斯代表处的代表及夫人们出席观看。该决定已得到歌舞团的同意和支持。印着烫金国徽的请帖已于半个月前就已经发出去了。昨天晚上，歌舞团抵达莫斯科，下榻使馆招待所。今天上午，歌舞团的行政科长去机场提取托运的服装道具和其他演出用品，没想到莫斯科机场海关卡住不放行，好说歹说都不行，没办法只得返回使馆请使馆人员想办法。最后，武韬大使郑重地说，从现在到开演只有4个多小时了，如果服装道具取不出来，影响了演出，就会酿成一场外交事故，其后果就严重了。好钢用在刀刃上，现在就看你这个海关参赞怎么“导演”这出戏了！我当即表态，请大使放心，我和我的助手许政一定尽最大的努力，完成这项重要而紧迫的任务！出了大使办公室

▲ 与新疆民族歌舞团全体演员合影。

的门，马上用手机给许政打电话，让他开车直接去莫斯科舍列梅奇沃机场海关，我们在那儿碰头。

许政是来自哈尔滨海关的一名科级干部，业务熟、点子多、善交往，是我的得力助手。20 世纪 80 年代末，他正在对外经贸大学进修，我是海关总署分管海关院校的部门负责人，面对风起云涌的学潮，戴杰署长要求我一定把海关院校的学生管住，不许上街。当时，我就找到担任海关进修班班长的许政，传达署领导的要求，他一口答应。事后，他发动进修班全体学员以老乡的身份，分头找各个年级的同乡海关大学生做工作，说明利害关系。结果，学潮中，经贸大学海关系的 400 多名大学生，没有一名上街游行的，许政在其中发挥的作用是不言而喻的。因此，组建使馆海关组时，我点名把他要来担任我的助手，此次要完成这么艰巨的任务，当然不能缺了他。

▲ 演出结束，我与歌舞团几位演员合影。

半个小时后，我们几乎同时到达机场海关。敲开斯列波钦科关长办公室的门，说明来意。关长拿起电话查明了原因。原来，俄罗斯海关法规定，提取托运货品的人，必须是在俄罗斯的法人。新疆民族歌舞团在国内托运时，在运单上写的提取人是歌舞团自身，而新疆民族歌舞团不是俄罗斯的法人，所以不能提取。时间紧迫，怎么办？许政马上出了一个点子：改运单。将运单上的提取人改成中国驻俄罗斯大使馆。让歌舞团留守在家的人员，马上找民航托运部门要一张新单子，按新的要求重新填写，盖章，用传真发过来。这样做，既维护了俄罗斯海关执法的严肃性，又解决了歌舞团的困难。斯列波钦科关长认可了这个做法。歌舞团行政科长马上借用机场海关的电话，向国内挂长途电话。40分钟后，传真发过来了，斯列波钦科关长在新运单上特批了放行命令。一场危机就这样顺利地化解了！

5点半钟，当满载歌舞团服装道具的卡车开进使馆大门时，迎候的武韬大使和歌舞团团长，高兴地走上前来，和我及我的得力助手许政热烈拥抱，夸我们解了燃眉之急，为使馆、为中国外交立了一功。

（此文写于2013年）

努力为国航免遭俄罗斯海关罚款

两千多年前，大哲学家亚里士多德给外交官下过一段精彩的定义：什么是外交官？外交官就是为了维护君主的利益，面带微笑，公开说谎而不脸红的人。李肇星同志在《说不尽的外交》一书中写道：国内外不少专家说，从“外交为国”到“外交为民”，中国外交正经历一场静悄悄的“革命”。这话从侧面反映了一个事实，那就是中国外交与老百姓的关系越来越密切……“为国”与“为民”更加有机地结合到一起，“为国”也是“为民”。在书中，他还写到，外交也是服务性的行业——为国家、企业和群众服务。

1999 年 11 月的一天深夜 11 点，中国国际航空公司驻莫斯科办事处主任，惊慌失措地来敲我家的门，说办事处因违反俄罗斯海关进出境货物监管规定，将被罚款 100 万美元。原来，头天国航一架飞德国法兰克福的波音 747 航班客机，飞到莫斯科上空时，一个发动机出了故障，临时迫降在莫斯科机场。国航莫斯科办事处将此情况报告了国内。国内民航上级部门通知，今天飞来莫斯科的航班，将带来一个新的发动机，把坏的运回去。按规定，新旧发动机进出俄罗斯关境是要报关的，但国航莫斯科办事处的经办人员，主观认为发动机没出海关卡子口不用向海关申报，结果在正往飞机上装运时，被早已盯着的海关关员“逮”着了。按俄罗斯海关规定，以发动机价值 500 万美元的 20% 计算，违规罚款额高达 100 万美元。我询问了事情发生的经过，批评了他们主观臆断的错误，指出俄罗斯的关境和国境是一致的，进入国境就等于进入关境，货品进出关境是需要申报的。我反复研究了案情，认为经过努力，应该有为国家挽回损失的可能。于是，打算等明天俄罗斯海关一上班，我就到机场海关去找好朋友、机场海关关长斯列波钦科进行疏通和交涉。

第二天，经过一番周折，我和国航办事处主任直奔6楼斯列波钦科的办公室，不料，我们还没走到门口，他的秘书好像早有准备似地迎上来说，关长去海关委员会开会去了，今天不回来了。听后，我说，那我先回去，明天再来吧。说完，我们扭头就出了门，但并没有真走，而是躲在楼梯的拐角处静候。大约过了40多分钟，斯列波钦科关长出来上厕所，我上前一把抓住他，他惊慌地问：你不是走了吗？我说我又回来了。无奈，他只好抢先说：我知道你为什么来找我。他向我解释说：你们国航办事处违反了俄罗斯海关规定，考虑到俄中两国友好，不作走私处理，按违规处理，只是罚款，这已经够照顾了。这一决定我已经批下去了，请孟同志理解和支持。我辩解道：国航莫斯科办事处一向严格遵守俄罗斯法律法规，这次是误以为发动机没出机场没过海关卡子口，不用申报，所以才没报关，请斯关长从两国真正友好的大局出发，让他们补办手续。并强调说：我这次来找你，不仅仅是我个人的行为，是受上级指派来进行沟通的。我们是同行，是好朋友，好朋友彼此要交心，我认为如果你仍坚持处罚，那么不久，俄罗斯航空公司在北京机场也会受到比这更为严厉的处罚，做到这一点并不难，到那时我方会说，这一切都是因为你的错罚引起的，我想到那时你也会找我说情的。听了我的这番话，斯列波钦科关长脸红一阵白一阵，突

▲ 我与助手杨怀忠同志在使馆热情接待斯列波钦科关长及夫人。

然跑回办公室对秘书喊道：快把处罚决定追回来！秘书说：还没有送下去呢。于是，当着我们的面，斯列波钦科关长把罚款改为补办手续。

全心全意服务于公司企业，这是中国海关的一贯宗旨。在俄罗斯工作的 12 年里，我不止一次地为遇到困难的中资企业出主意、想办法，全力疏通，维护他们的合法权益。事情办成后，往往要费许多口舌拒绝公司企业给的酬谢费。每当此时他们总是发出感概："领教"了中国海关人员的高风亮节！我认为全心全意地为企业服务是海关关员的职业道德所决定的，做了好事，帮了忙就收钱，那是在贬低海关关员的人格。海关外交官在国外工作，既代表国家又代表海关，独善其行，廉洁奉公，才能得到公司企业的尊重和信赖，才能维护国格和人格，才无愧于"海关外交官"这一神圣的称号。

（此文写于 2013 年）

保障广东博览会按时开幕

2002年秋季，改革开放前沿的广东，要在莫斯科举办大型博览会，宣传我国改革开放的成就，同时进行招商。当时，担任政治局委员、广东省委书记的李长春同志对此十分重视，要求负责外经贸工作的副省长汤炳权同志亲自挂帅，确保博览会圆满成功。李长春同志将亲自参加开幕式。博览会的筹备工作交给了广东物资局驻莫斯科代表处。可他们没有经验，把开幕招待会需要的物品装了7个空运集装箱，其接收单位写成中国大使馆，而由于忙乱，早把这件事丢到九霄云外去了，事后忘了和大使馆打招呼。不久，大使馆接到莫斯科机场海关发来的取货的通知。使馆办公室主任拿着这份通知，逐个问使馆各个单位，有没有发过货，得到的答案都是否定的。于是，使馆认为这是不法商家企图打着大使馆的名义欺骗俄罗斯海关，达到逃税的目的。紧接着大使馆便正式发函，通知俄罗斯海关，说这是一件欺骗海关的案件，请海关严肃处理。

博览会开幕的前3天，轮到准备开幕招待会了，广东物资局驻莫斯科代表处才发现空运的7个集装箱还没有到，经过仔细回忆终于想起来是发给大使馆了。于是，他们赶紧来到大使馆，问收没收到7个集装箱。使馆说上周已经退给海关了。他们又赶紧去问海关，海关答复已经处理了。这时，广东物资局代表处彻底慌了手脚，心急火燎地返回大使馆，恳请使馆想办法。时间如此紧迫，怎么办？大使、公使和汤炳权副省长一起来找我，要我把浑身的解数都使出来，无论如何也要把7个集装箱从海关取出来，不然要耽误大事了，没法向省委书记交代。事关重大啊！我马不停蹄地赶到海关找到关长斯列波钦科先生，详细说明了事情的来龙去脉。听后，他拿起电话问外交物品监管科，中国大使馆的7个集装箱处理了吗？科长答复，已经登报，明天进行拍卖。斯列波钦科关长马上命令，停止拍卖，找一个效率高的报关行，就这 7 个集装箱，在明天上午 11 点之前办完通关手续，交给中国大使馆海关参赞孟宪起先生，手续费和签字盖章的手续均由孟先生完成。听完他打的电话，我激动地上前紧紧地拥抱他，嘴里不住地喊道：感谢！感谢！

第二天上午 10 点之前，7 个集装箱的通关手续全部办妥。外交物品监管科的同行还为我们租了一辆卡车，大家七手八脚地把 7 个集装箱装上了车。为了防止警察半路拦截，我派助手杨怀忠同志把满载集装箱的卡车送往博览会会场。到了会场才知道，广东省的同志们正为下午两点，李长春同志要来检查招待会筹备的情况而焦急万分呢，当他们看到卡车徐徐开进来时，不约而同地欢呼起来。等我随后赶到场，汤炳权副省长激动地一把拥抱着我，嘴里不住地说："我一定要为孟参赞'救驾'的功劳请功！"

4 天后，中国大使馆召开的庆祝广东博览会圆满成功的招待会上，李长春同志在致辞中，专门表扬了我为解救 7 个集装箱所做的工作，并且还把我叫到他跟前与我合影留念，以示褒奖。

（此文写于 2013 年）

为北京申奥成功做贡献

2001年7月13日，是中华民族幸运的、无比自豪的喜庆日子。这一天，中国申奥成功了！我认为，成功的原因里有一条，因为国际奥委会决定，第28届夏季奥运会申奥活动最后投票地点为俄罗斯首都莫斯科，中国申奥成功与得到俄罗斯各行各界的鼎力支持，不无关系。在此我就讲一讲，我在莫斯科所见所闻的关于中国申奥的活动情况细节。

2001年6月底，在使馆召开的馆务会上，武韬大使明确宣布7月上半月，使馆的中心工作是分兵把口、全力以赴，配合中国奥申委做好各方面的工作，以确保申奥成功。一声令下，使馆14个单位分工明确、深入细致地开展工作，有的负责做上层的工作，有的负责宣传舆论工作，有的负责安全保卫工作……

我和我的助手许政，负责国内来参加申奥活动的人员和物资快捷方便进出俄罗斯事宜，这当中，主要是做好俄罗斯海关的工作。我们先带着照会，来到俄罗斯国家海关委员会和边防局，提出对中国的申奥活动给予支持的请求，均得到满意答复，两部门领导表示一定全力配合。接着，我们又深入机场边防和海关做工作，分别宴请两个单位的领导，席间共同商议方便进出的措施和安排，这些工作果然见到了成效。记得当时莫斯科市长卢日科夫曾保证，要采取措施，在申奥的日子里，让人们只听到北京申奥的声音。而作为我的同行——俄罗斯海关的朋友们的举动，更是让我十分感动。其中有两个画面，让我记忆深刻。

其一，2001年7月10日，莫斯科当地时间下午3:35，肩负着神圣使命的北京申奥代表团的包机，平稳地降落在莫斯科舍列梅奇沃一号机场。两位身穿俄罗斯海关制服的漂亮女关员，手捧鲜花，等候在廊桥的出口。

当北京奥申委的领导同志们走出廊桥时，两位女关员热情地走上前去献花，并满怀激情地说："我代表俄罗斯海关系统、代表莫斯科市民热烈欢迎你们来莫斯科参加申奥活动，预祝中国申奥成功！"

▲在喜庆时刻，我发自内心地喊出：北京终于申奥成功！

其二，在热烈欢迎代表团的同时，一辆卡车直接开到飞机的机翼下，飞机舱门打开了，装卸工迅速敏捷地把两吨多重的申奥宣传品、纪念品、礼品，以及申奥使用的器材和设备等，装上车径直拉出了机场，我只向海关人员交了一张物品清单。事后，俄罗斯海关的同行对我说，莫斯科机场海关成立40多年来，手续这样简便，这样快捷地地验放物品还是第一次。

北京奥申委联络部的曲志东同志，见到这种场景后激动地说："北京申奥代表团踏上俄罗斯国土的第一步就这么顺利，是个好兆头，它预示着这次中国申奥一定能成功！"

俄罗斯海关特事特办，简化手续，快捷验放，热情迎接北京申奥代表团的做法，深深地印刻在了我的脑海里。我暗下决心，待到2008年北京奥运会举办时，我一定协助中国海关，以同样热情快捷的做法，迎接和验放俄罗斯体育代表团，以报答俄罗斯朋友对我们大力支持的情谊。

此外，我还记得，7月13日下午，使馆准备了一个大型招待会，摆放了100桌酒水和餐食，可供1000人食用。武韬大使说：申奥成功了，这就是庆功会，如果失败了，就是慰问会。结果是，中国申奥成功了！要开庆功会了！但是，我们万万没有想到，热情洋溢的国际奥委会主席萨马兰奇先生，竟然给我们一个大大的措手不及，他临时决定，要带领100多名国际奥委会委员，赶到中国大使馆来祝贺。一下子，招待会的规模突然增加了100多人，别说事先没有准备，就连会场也实在容不下这么多的人，该怎么办呢？稍作思索后，武韬大使果断决定，原定参加招待会的使馆的参赞、中资企业代表、留学生和华人华侨代表共100多人，让座退出，以解这个燃眉之急。

▲ 申奥成功后，我送申奥代表团回国时，在莫斯科机场与代表团部分成员合影。

尽管我们最后没能亲历那场无比热闹精彩的招待会，但是，作为中国人，我们的心情仍然是无比激动、无比自豪的！

（原载《中国老年报》2008年7月22日第2版）

俄罗斯海关掠影

这个话题有些复杂，几句话很难表述清楚，但是作为海关同行，我务必谈谈我所认知的2005年前的俄罗斯海关。

其一，俄罗斯海关概况。

俄罗斯海关的性质和职能和我国海关的差不多，也是统一的俄联邦国家主权和经济利益的保护机构，是俄罗斯的四大强力部门之一。其主要任务是依照俄联邦海关法和国家其他有关法律、法规，监管进出俄罗斯关境的货物、物品、运输工具和外汇；征收关税和其他税费；查稽走私；编制对外贸易海关统计和办理其他有关业务。

俄联邦国家海关署，是俄罗斯海关的最高行政管理机构，成立于1991年10月25日，开始为正部级，隶属联邦政府。经历了13年，于2004年3月降为副部级，隶属俄联邦经济贸易发展部。再经过两年零两个月，普京总统又宣布，把俄联邦海关署收归联邦政府直接领导，仍恢复为正部级。截止到2005年12月，俄联邦海关署下设有7个区域海关管理局，341个海关，1073个海关监管站，6个海关化验中心，4所海关院校；在7个国家设立了海关代表处；俄罗斯海关现有海关关员70000多人。

苏联解体后，海关人、财、物的绝大部分，划给了处于边远地区的独联体各国和波罗的海沿岸三国，俄罗斯海关重建工作面临重重困难。成立15年来，俄罗斯海关彻底改变了“翻翻口袋”、“查查行李”的旧海关形象，适应经济转型的需求，真正成为国家实施对外经济政策和保护国家经济安全的一个强力部门，先后制定并实施了两部新的基本法规——《俄联邦海关法》和《俄联邦关税法》；1996年和2000年俄政府先后批准、颁布了1996—2000年和2001—2005年两个海关发展战略规划，确立了海关战略发展任务。

俄罗斯海关有自己的关徽、关旗、誓词和节日。

俄罗斯海关是世界海关组织的成员，曾先后担任该组织人力资源开发司司长和世界海关组织副秘书长。俄罗斯海关积极倡导实现独联体国家贸易自由化、海关一体化。现已创建了独联体海关同盟和独联体海关领导人理事会。

其二，俄罗斯海关的主要特征。

无论是苏联还是现俄罗斯联邦，对海关历来是高度重视的。苏联建立后，列宁发布的第三号法令是组建苏联海关，同样，叶利钦在苏联解体后发布的第三号法令也是组建俄罗斯海关。而海关的本质就是受政治经济的制约，为政治经济服务。

▲ 俄罗斯国家海关委员会的办公大院正对着一座东正教教堂。

俄罗斯海关组建 15 年来表现出的特点，完全体现了这一本质。

从苏联解体后重新组建俄罗斯海关到现在，只有 15 年时间，人员从 4000 人发展到现在的 70000 多人，位居世界第二；海关业务也由单一的行邮发展为海关业务门类齐全、法规比较完备的部门系统。从队伍规模、法规建设、社会地位、所做贡献、管理水平等 5 个方面综合考虑，俄罗斯海关现已被世界海关组织认为是世界上五大海关之一（其余4个为：中国海关、印度海关、墨西哥海关和比利时海关）。这种发展速度，足以体现其国家的意志。

俄罗斯海关位居俄罗斯政府的四大强力部门之一（4个部门为：国防部、内务部、安全部、海关署），是俄罗斯出入境的重要管理部门之一，在经济转型期担负着国家对外经贸活动和国家安全的保卫任务。俄罗斯海关认为，战争年代，保卫国家利益的是军队；经济转型和平建设年代，保卫国家利益的是海关。俄罗斯海关的护法职能确立后，组建了关警队和缉私行动指挥协调机构，打击违反海关法规的能力大大加强，海关查获货运和旅检渠道、非法贩运毒品和枪支弹药等违法案件及其案值直线上升。此外，海关和银行建立的出口收汇核销制度的出台，有效地保障了出口贸易的发展。

俄罗斯海关提出，海关是对外经贸发展的“调节器”、“催化剂”、“发动机”。俄罗斯海关组建15年来，每年上缴国库的税费占联邦财政收入的30%以上，近年高达40%以上，而用于建设和发展海关事业的资金只占联邦预算支出的0.7%。仅以2005年为例，全年税收达744亿美元，超额186.4%完成国家下达的税收任务，比2004年增加了319亿美元，平均每天税收2.03亿美元。

自1994年，俄罗斯海关恢复了对外贸易统计，并定期发表对外贸易统计季报和年报。俄罗斯海关聚财有功，成为政府的“钱”袋子，总统和总理十分重视海关的工作，每年俄联邦总统的国情咨文均要对海关提出要求。海关召开重要会议，甚至海关委员会召开的委务会，总理有时也去参加并讲话，给予鼓励和表扬。

现在，俄罗斯海关也和世界上许多国家的海关一样，实行“户籍管理”，通过计算机报关、绿色通道等加强管理，采取简化手续、加速验放等措施，服务经济和对外贸易活动。可以说，为服务经济转型，俄罗斯海关确实是不遗余力的。

俄罗斯海关是个古老而又年轻的海关，古老是说它历史悠长，从公元907年形成海关，至今已有近1100年的历史；年轻是指就当代海关而言，仅有区区15年的历史。

其三，俄罗斯海关改革的动向。

1. 改变理念，端正方向，树立为进出口企业和旅客服务的宗旨。这些在俄罗斯新的海关法中得到了充分的体现。

2. 修订海关法。

1993年通过第一部海关法。

1995年开始修订，2003年5月议会通过，2004年1月开始实施。

3. 改变隶属关系。

1992年组建俄罗斯海关，为正部级。

2004年3月，降为副部级，隶属外经贸部。

2006年5月，宣布俄联邦海关署收归政府直接管辖，恢复正部级。

4. 调整干部队伍。

海关委员会改为海关署，人员由4000人压缩到2300人。

免去原主席的职务，新任命署长，后来又罢免了署长的权，新任命了特工出身的新署长，大换班。基层海关关长和处长实行异地轮换。

5. 使用科技设备，实行现代管理。

每年举办一届海关科技设备展览会；使用世界银行贷款，安装和使用集装箱检查设备；计算机联网，实行无纸报关，提高通关效率；实行风险管理，提高管理效能。

6. 重拳打击走私，整顿贸易秩序。

对手机、汽车、电视机生产厂家和销售商规定如实申报价格。严查烟、酒的印花税票。打击“灰色清关”，解决日用消费品的偷逃关税的问题。

7. 加强国际合作，互通信息、情报和资料，打击走私。

俄罗斯海关的改革在艰难地迈着前进的步伐。俄罗斯海关正朝着法制化、现代化、正规化的方向大步前进，我相信，俄罗斯海关同行一定会更加努力，为担负起国家赋予的神圣职责作出更大的贡献！

（此文曾作为2006年在上海海关学院和
秦皇岛海关学校授课讲稿）

翻译俄罗斯新海关法

俄罗斯于2004年1月1日起实施的新的海关法，是对俄罗斯独立后于1993年7月21日颁布的第一部海关法的补充和修订。在长达5年的讨论修订过程中，提交议会审议时，有关各方进行过激烈的争论。代表工商贸易界利益的议员，要求提高通关效率，降低商品进口的成本，他们认为，海关不应该是设在边境上的墙，而应是便捷的桥梁，并举例说，从欧洲往俄罗斯用汽车运输进口商品，路上只用1至2天的时间，但是，在边境等候办理海关进口手续，却需要10至20天，这不是桥，而是一堵墙，是在扼杀商机。而代表财政金融界的议员却争辩说，海关手续不应该再简化了，否则走私和偷税将无法控制，国家财政收入损失将会更大。代表工业企业界的议员则强烈要求提高关税水平，将廉价物美的外国商品挡在国门之外，以保护民族工业，否则俄罗斯的民族产业将被冲垮。争论各方莫衷一是，互不让步，直到2003年4月，出于尽快加入世界贸易组织的需要，在普京总统和俄罗斯政府的干预和督促下，各方才作出妥协让步，然后二读通过了新的海关法的草案，紧接着三读通过了新的海关法。

总的来看，俄罗斯的新海关法符合世界潮流，保护进出口企业的合法权益。其特点可以归纳为以下5个方面。

一是符合俄罗斯国情，又与世界现代海关制度特别是欧洲国家海关制度接轨。

二是内容详尽，规定明确，透明度高，具有较强的可操作性。

三是简化通关手续，提高通关效率，货物通关时间由过去的10天减为3天。为达此目的，新海关法规定了许多措施供进出口企业选择，如实行预申报制度、实行担保制度、实行交纳保证金先放行货物的制度、实行集中报关制度、进出口可使用同一个报关单、对特别快运和低值商品规定出征税的统一标准、实行口岸海关和内地海关一条龙服务、使用现代化通讯手段、加快计算机联网，等等。

四是保护进出口企业的合法利益。新海关法规定：（1）国家海关委员会成立仲裁委员会，专门受理进出口企业的投诉；（2）海关审理违规案件的时间，最长不得超过15天；（3）海关多征收进出口企业的税费，必须退还；（4）海关可根据企业的不同情况，同意其办理分期或延期缴纳关税和滞纳金；（5）进出口企业可以直接报关，不必经过报关行；（6）可以通过电子邮件报关；（7）对已经放行的商品，海关监管期限由原来的5年，缩短为1年。

五是加强对海关机构和海关关员的监管和制约。其目的是一方面提高海关关员的工作效率，另一方面也可避免职务犯罪。

对这样一部与时俱进的俄罗斯海关法，我们必须对赴俄的中资企业大力宣传。2003年6月初，当我从俄罗斯国家海关委员会的朋友手里得到经议会三读的新的海关法的正式文本后，便产生了一个念头，即赶在当年9月份正式公布之前，将其翻译成中文。经请示海关总署国际司同意，再通过使馆教育处推荐，聘请了在莫斯科大学进修的4位专门从事俄语研究的专家学者，利用暑假的空闲，分工负责，只用了一个多月的时间，完成了翻译、校对、联系印刷等工作。中文译本共印了1000册，在华人华商中以成本价销售，除留下少量资料用书外，很快售完了，做到了不赔不赚。

2003年9月3日，俄罗斯国家海关委员会召开新海关法公布实施的新闻发布会，媒体和各国驻俄罗斯外交机构代表应邀参加。会上，俄罗斯国家海关委员会第一副主席罗兹宾科先生举着新海关法的中文译本，对到会的来宾说："俄罗斯新海关法的实施，受到世界各国的广泛重视，我们的中国同行，用了最短的时间将它翻译成中文，这也是这部新海关法的第一个外文译本。我们衷心感谢中国朋友的友情！"时任商务部部长吕福源同志访俄时，我将中译本的俄罗斯新海关法呈送给他，他当即对我们的翻译出版工作给予高度评价，认为我们的努力是发展中俄贸易的"及时雨"，完成一件出色的工作，并说回国后，他要好好研究这部法典。之后，商务部欧洲司使用这部中译本的俄罗斯新海关法举办赴俄企业培训班，受到了大家的普遍欢迎。

（此文写于2013年）

莫斯科人民友谊大学的一场火灾

2003年11月24日，莫斯科人民友谊大学的火灾留给人们那惨烈、痛心、惋惜、感动的场面，至今仍深深印刻在我的脑海中……

2003年11月24日早8点刚上班，使馆办公室通知，各单位负责人马上到会议室参加使馆党委扩大会。8点10分人员到齐，使馆大使兼党委书记刘古昌同志语气沉重地向大家讲述他刚在火灾现场亲眼见到的惨烈场景。他说，火灾发生在凌晨两点多，接到电话他是3点10分赶到现场的，得知中国留学人员伤亡惨重，马上打电话让使馆给国内外交部发电，让国内领导上班的第一时间掌握这里的情况。讲完，大使郑重宣布：人命关天，要充分体现人文关怀，协助做好莫斯科人民友谊大学火灾处理安置工作是我们使馆当前的中心工作，其他工作要为此“让路”。接着，他具体布置如下：

第一，打开使馆仓库，把能御寒的棉大衣、毛毯、被褥等找出来，马上送到受灾学生手里；食堂马上赶制大饼、馒头等食品并尽快送去，解决学生的饥寒问题。

第二，使馆10多个单位，“分片包干”到10多个收治中国留学生的医院去排查，尽快弄清中国留学生伤亡人数。

第三，使馆成立综合组、联络组、宣传组、家属接待组。经合处的李参赞和我分别担任了家属接待组组长、副组长。后来，李参赞有重要任务回国出差，我担任了组长。

第四，规定每天晚上10点为碰头时间，总结一天的情况，部署第二天的工作。

散会后，我和我的助手杨怀忠同志带上慰问品来到位于莫斯科东北部

（人民友谊大学在莫斯科的西南部）的第三医院。在3楼的第二病房住着4个凌晨3点被送来的烧伤的留学生，其中一个是来自中国陕西的男孩子，其余3个，分别来自印度、马来西亚和莫桑比克。当我们走到中国留学生床前，说明我们是中国大使馆的外交官，代表大使来慰问他时，陕西男孩流下了激动的眼泪，其他国家的留学生先是呆住了，不一会儿，一个接一个地大哭起来。以后，我们每天按时去探望时，中国留学生高兴地笑，而其他三个国家的留学生都哭，问他们哭的原因，答道羡慕中国留学生。

我们经过细致排查，确认此次火灾中，共有13名中国留学生遇难（包括失踪的4人），41人受伤。当时，中央领导在第一时间看到外交部上报的信息，立即作出批示，要求教育部、外交部和中国驻俄罗斯大使馆全力做好有关工作。中国政府专门派出了由教育部和外交部联合组成的工作组，飞至莫斯科协助处理善后事宜。教育部岑建君司长担任工作组组长，他说，在飞机上的7个多小时比70多个小时还漫长，一下飞机就直奔医院看望受伤的同学，同学们很受感动。中国留学生受伤人数最多，但伤后死亡人数比例最小，这与主治医生的精心治疗不无关系。事后，使馆领导说，花几万美元，保住留学生的性命，完全值得。

接待家属的工作，是一件苦差事，各种年龄、各种背景、死亡的和受伤的、轻伤的和重伤的，提出的要求各不相同，我们负责接待工作的6个人，日夜轮流接待，流着眼泪倾听家属的哭诉，全面地记录了家属提出的要求，再如实地向上级反映。家属们的要求，能解决的，我们便立即解决。例如，北京市海淀区一位死亡留学生的父亲，提出要求让使馆替他买一个篮球，因为他儿子生前喜欢打篮球，他要带着这个篮球到他儿子遇难的房间去祭奠一下。我当即答应他的要求，让志愿者到体育用品商店买来一个篮球交给他，并且说，我陪您去。与此同时，我暗地里又带了4个身强力壮的志愿者做陪护，还让一辆救护车待命。当我们来到他儿子遇难的床前，摆上遗像和篮球，这位父亲喊出了撕心裂肺的话语：儿啊，你怎么走了啊？这让我怎么告诉你那患有心脏病的母亲啊？还是咱们爷俩一块走吧！说着，一头向床边的墙撞去。说时迟那时快，两个志愿者上前一把将其抱住，可他还是顿时昏了过去，4个志愿者立刻将他抬上救护车，迅速送往医院抢救。

当然，因为人跟人不一样，有的学生家属通情达理，也有的学生家属固执偏激，还有个别人愚昧难缠，所以，我们的接待工作也充满了“斗争”。经过使馆和俄方反复谈判交涉，俄方答应负担所有家属来莫斯科的食宿和交通费用，对每个死亡学生的家庭赔偿近20万美元，受伤的学生由校方负责治疗、康复、完成学业、安排就业。对这样的条件，在当时的俄罗斯已经是很高的了。经过做工作，多数学生家属表示接受，但也有个别家属受他人的挑唆，漫天要价，拒不签字。有的人则反反复复，签了字又反悔。而当时，越南、印度、马来西亚等国已经提出，将把死难学生的遗体运回国内自己处理，从而减轻校方的负担。这样一来，对我们而言无疑形成很大的外交压力。后经使馆领导批准，在做了充分准备的前提下，我召集家属开会，毫无保留地讲了大使馆真心实意地维护死难和受伤学生合法权益的态度和做法；突出表扬了那些强忍悲痛、顾全大局、表现出高风亮节的家属；对家属中的共产党员和干部提出了经受组织考验的要求，同时也提醒家属提高警惕别上当，防止别有用心的人从中捣乱。会后，绝大多数家属在协议上签了字，个别打算漫天要价的人迫于压力，也不得不签了字。

火灾发生后的第12天，2003年12月6日早上8:30，正是上班的高峰时间，天空中飘洒着洁白的小雪花，由20辆灵车和轿车组成的车队，缓缓地经过莫斯科市中心干道——列宁大街、特维尔大街，驶向殡仪馆，所到之处的路口警察都按下绿灯放行，其他车辆禁行，路过行人纷纷驻足，目送车队通过。殡仪馆里，经过整容的死难的留学生，穿着整齐的俄罗斯学生制服，静静地躺在上等木材赶制的黑漆雕花棺材里，乐队奏哀乐，让亲属逐个诀别。泪流满面的校长，站在每个棺材旁，为因为自己没有尽到责任而不幸夭亡的学生送行。从上班高峰为车队顺利通行，采取的交通管制和殡仪馆隆重的场面，可以看出，俄罗斯社会对受难的中国家庭的愧疚和同情。

由于接待工作压力太大，我整日连续奋战，睡眠不足，吃饭凑合，体重下降了5斤，再加之逢年终总结，回国参加关长会议，我的体力严重透支，导致抵抗力下降，不幸得了带状疱疹，真是痛苦万分啊！但是，一想到圆满地完成了接待家属的艰巨任务，心里还是很欣慰的。

通过这场救灾活动，我也深刻体会到了“血浓于水”的同胞情。火灾发生后，来自莫斯科各高校的100多名志愿者，到医院护理受伤的同学、为来莫斯科的家属当翻译、运送和收集捐赠物资等。有的志愿者甘愿耽误或放弃期末考试，有的累病了仍然坚持，大家表示，为救治同胞做点贡献是应该的。莫斯科各界华侨华人和社团，纷纷响应使馆的号召，捐款捐物，帮助遭遇火灾的留学生和来莫斯科处理后事的学生家属们。阿斯戴市场的摊主们仅火灾发生的当天，就捐助达两万美元的棉服。莫斯科的华人饭馆和餐厅如仿膳、天客隆二分店、老北京等，都免费为学生志愿者提供盒饭或早中晚三餐。

人间自有真情在！友谊大学的火灾也引起广大俄罗斯人的关注，他们纷纷向受灾的中国留学生献出了“大爱”。使馆每天都能收到许多俄罗斯人发来的慰问信或打来的慰问电话。俄罗斯媒体也从正面不断报道救灾和受伤学生治疗康复的情况。一位名叫斯维塔的姑娘用节省下来的零花钱买来营养品送给受伤的中国留学生，让他们补养身体，早日康复。一位70多岁的俄罗斯老太太，坐地铁穿过大半个莫斯科把浆洗干净的棉服送到受伤的中国留学生手里。《莫斯科之声》电台的资深评论员马钦科，来到受伤的中国蒙古族留学生达布希拉图的病床前，献上慰问品并在一个纪念册上深情地写道：祝你早日康复！你的生活刚刚开始，愿你继续高高兴兴地生活下去。你在异国不会孤独的，俄罗斯朋友永远和你在一起。

莫斯科人民友谊大学的前身是俄罗斯卢蒙巴友谊大学，专门招收第三世界国家的留学生，苏联解体后改名为莫斯科人民友谊大学，招生对象面向世界各国。这所大学的6号宿舍楼是专门用来接待刚报到、等待体检合格后被分配到各系的新生，一般住进来的新生要住一个月左右，因为是临时住处，所以新生对环境和同学彼此都不熟悉。这次火灾留给我们的教训是沉痛的。俄罗斯紧急情况部副部长沃洛比耶夫认为，此次火灾悲剧是由于组织管理差、装修材料和电器设备质量差造成的。友谊大学代校长比理宾承认，自己对此负有领导责任。在与校方的对话会上，有几位50多岁的中国家长，在此次火灾中痛失独生子，但他们强忍内心的巨大悲痛，深明大义地衷心希望校方采取切实有效的措施，避免类似的悲剧重演。俄罗斯教育部下令各高校连续一周进行消防安全大检查，并与消防、警察等部门联合制定了《2004—2007年高校安全条例》并下发贯彻执行。

这次火灾事故的发生，各国留学生在安全防范意识方面的明显差距，也给我留下了极为深刻的印象，其中，有两个例子特别值得一提。

其一是住在5层的5个日本女留学生。火灾发生后，她们迅速跑到水房，把自己盖的毛毯浸湿，用湿毛毯把身体裹严，只留鼻孔对外呼吸，躺在楼道边上，毒烟吹来，就关上呼吸孔，憋住不吸气，等毒烟过去，再敞开呼吸孔进行呼吸，就这样等待救援。当她们听到楼下传来消防车的呼叫声，一个女孩脱下皮鞋照着窗户玻璃砸去，楼下的消防队员听到碎玻璃声，知道那里有人求救，便把云梯架起来，将她们平平安安地救了出去。当我们问她们为什么这样做？她们说，这是日本学校救生课程的内容，学了还要考试，考试不及格不能毕业。对照我们的中小学校，是不是也开设有这种救生课程？开设了是不是也要考试？通过这次火灾，考验了日本学生自我救生能力。而我们的留学生在这次火灾中，死伤高达54人，这与中国留学生缺乏自我保护意识、自我救生能力较差不无关系。火灾发生后，他们惊慌失措、盲目乱跑，有些学生就是在跑动中吸入了毒气，窒息而死，有些毫无防备地跳楼，致死或致伤。

其二是来自中国唐山开滦煤矿一个工程师家庭的小谢同学。火灾发生后，被惊醒的小谢，跳下床，让大家不要慌，听从他指挥。首先，他让同学们不要开门，用毯子把门缝堵上，不让毒烟进来。接着，他又和大家一道，把床单撕成宽条系在一起，从4楼的窗户放下去，让同学们一个接一个地按照顺序抓着这条“救生绳”往下滑。没想到，住在3楼和2楼的同学发现了这条“救命绳”，也一起抓住往下滑。床单做成的救生绳，承受不了这么多人的重量，断了！怎么办？小谢从窗户探出头发现，在窗户左边两米远有一个雨水管道，直通1楼。于是他让伙伴们把着墙缝够到管道上，一个接一个顺着管道滑下去，轮到小谢最后一个时，大火已经从 3 楼的窗户喷出来，烤得他不能再慢慢往下滑了，于是，小谢放手让身体急速下落，尽管他的胸口被雨水管道的铁箍划出了几道血印，人却迅速、平安地抵达了地面。就这样，小谢用工程师父亲临行前教给他的火灾自救知识，“临阵磨枪”地挽救了自己和同宿舍同学的 4 条性命。

（此文写于 2013 年）

参加莫斯科机场海关关长追悼会

2004年4月16日下午，快下班时，我办公桌上的电话铃声响起，是俄罗斯国家海关委员会国际局礼宾处处长打来的，他在电话的那头，以低沉的语调，向我转告一个噩耗：莫斯科机场海关关长斯列波钦科少将于当天上午9时21分不幸去世，享年59岁，追悼会定在18日上午9时，在莫斯科西北部墓地旁的教堂举行。

听到这突然但又是预料中的不幸消息，我呆坐在椅子上良久不动，和斯列波钦科生前交往的一幕幕情景浮现在眼前……

——经过与他反复商榷、修改中国首都机场海关和莫斯科机场海关友好合作协议，历经3年的努力，终于在2000年10月签订了。

——经过他的不懈努力，占地5平方公里的新机场海关办公场所和驯犬基地，历经5年，终于建成。落成典礼时，他盛情邀请我和我夫人参加，他亲自如数家珍地向我们介绍，并重点介绍了附属的宾馆，承诺以后按合作协议来莫斯科机场海关进行交流的北京机场海关的关员，可以免费下榻此处。

——在他的支持下，广东博览会的展品有惊无险地办妥海关手续后放行。

——在他的关照下，中国海关代表团和我个人进出莫斯科机场均受到礼遇。

——使馆或到访的中国代表团在机场遇到麻烦，只要一打电话给他，在不违反原则的情况下，他均妥善加以处理，尽最大努力给予照顾。

——中国使馆有招待会，每次他都如约出席。

——他患有肾病，医生不让他喝酒，但我们每次见面，他都“舍命陪君子”总要干上一杯，以表情谊。

——半年前，他的肾病发展到晚期出现尿毒症，我曾劝他到中国看中医，但性情急躁的俄罗斯人，想快点治好病，还是选择去德国做了换肾手术。手术很成功，从德国回来，我去看他，精神很好，但脸色黑黄，我劝他好好调养，但视工作为生命的他，拖着虚弱的身子赶来上班，当时我就为他捏了一把汗，没想到“悲剧”还是发生了！

……

为了表达对斯列波钦科关长离世的哀思，彰显他生前对中国人民的友好情谊，我和我的助手决定参加他的追悼会。于是，我来到大使办公室找到刘古昌大使，向他报告了这个不幸的消息和自己决定参加追悼会的打算。刘大使说这也是一场加强中俄海关友谊的外交活动，并让我代表他，代表使馆送去花圈。

为了参加好这场“外交活动”，我和助手杨怀忠同志做了3件准备工作：一是订制了花圈，写好挽带；二是找使馆的高级翻译“临阵磨枪”地学习了一些参加葬礼的俄文用语；三是穿上整洁的海关制服。

▲ 斯列波钦科关长的葬礼在教堂里举行，遗体就安葬在教堂后面的墓地里。

4月18日早8点半，我们如约来到莫斯科西北部墓地旁的教堂门口集结。我们送的花圈被摆放在明显的地方。

8 点 40 分，参加追悼会的各方人士 300 多人佩戴白花，每人手捧一支燃烧的蜡烛，陆续进入教堂的告别大厅。

9 点钟，追悼会正式开始，先由神父做弥撒，然后依次是俄罗斯国家海关委员会副主席、机场海关关员代表、公司企业代表、亲属代表致悼词。接着，列队来到斯列波钦科关长遗体前瞻仰遗容。轮到我和我的助手杨怀忠瞻仰时，我们倒退两步，按中国的仪式，默哀片刻，然后深深地向我们的这位尊敬的俄罗斯海关同行、好朋友鞠了 3 个大躬，然后来到灵柩前，只见斯列波钦科关长身穿整洁的海关制服，头戴海关大檐帽，安静地仰躺在洒满鲜花的红色棺木里，他的身旁并列摆放着关长生前获得的各种奖章和证书，彰显着关长的荣耀和成就。瞻仰完遗容，来到家属面前，代表大使和使馆转达了慰问并进行劝慰。参加完追悼会以后，我们的心情一直很难过，为失去一位好朋友而难过。

当天下午，中华人民共和国驻俄罗斯联邦大使馆网站以《驻俄使馆派员参加俄机场海关关长追悼会》为标题，发布了我们参加追悼会的消息。

（此文写于 2013 年）

探秘俄罗斯的“飞地”——加里宁格勒

俄罗斯的“飞地”——加里宁格勒，对中国人来说，似乎蒙着一层神秘的面纱。因为我是国内海关总署副司长级干部，身份特殊，所以恰逢工作需要，我和我的夫人石洁珍被使馆和经济商务参赞处领导派遣，于1994年7月24日至8月1日期间，专程去了一趟加里宁格勒，从而有幸揭开了这层“面纱”，一窥其神秘面容。据说，在我之前，还没有中国人以官方的身份，到过加里宁格勒。

加里宁格勒州位于波罗的海的南岸，是距离俄罗斯本土600多公里的一块“飞地”，面积5100平方公里，东部是立陶宛，东北部与爱沙尼亚接壤，南部被波兰包围，西部是波罗的海，隔海与德国、丹麦、瑞典、芬兰相望。该州是俄罗斯面积最小、人口密度最大的州，共有人口100多万，每平方公里平均59人。居民主要有俄罗斯人（占78%）、白俄罗斯人（占9%）、乌克兰人（占7%）、此外还有波兰人、立陶宛人、摩尔多瓦人、鞑靼人。

加里宁格勒州海上交通十分发达，号称连接东西方的桥梁。海上，可以连接波罗的海沿岸各国，通达西欧的比利时、荷兰、英国、法国，最远达美国、加拿大等。陆地上，已经开通了德国和波兰，与西欧的铁路接轨。当时，正计划修建对内通过波兰和白俄罗斯，与俄罗斯国内的铁路连通的第二条线路。空中，航空运输十分发达，有5条国际航线与欧洲各国通航，机场可以停靠8架飞机，与独联体各国和俄罗斯国内联系十分频繁，每天有数十架飞机起降。

因为属海洋性气候，加里宁格勒州气候宜人，冬季最低温度也有5℃至6℃，很少下雪，不结冰，夏季温度在23℃至25℃左右。旅游资源十分丰富，沿海有两个卫星城，全部是德国式的别墅洋房。市内全部是步行街，不准车辆通行，名胜古迹随处可见。海边没有污染，沙滩平滑洁白，海水清澈见底，一年四季均是休憩的理想去处。但由于政府宣传不够，缺乏规划，接待条件缺失，每年只能接待游客13万人左右，其中一半是德国人。与此同时，尽管加里宁格勒州物产丰富，有世界著名的琥珀，农副产品有小麦、牛奶及其制品，鱼类和海产品也很丰富，工业有石油冶炼、造纸、琥珀开采和加工等，但该州经济却尚不发达，蔬菜、水果、肉类等日用消费品全部要依赖进口，并且居民的住房也比较紧张，这与冷战结束后，从东欧撤回的军人和家属全部挤住于此，同时基建长期欠账等因素也不无关系。当时，职工的收入较低，平均每人月工资100美元左右。

历史上，这块地方原属于波兰，后被德国占领，统治了700多年，成为东普鲁士的一部分，首府叫哥尼斯堡，也就是现在的加里宁格勒市。这里曾是德国著名的哲学家康德的故乡，他死后就被葬在了市内的大教堂内。第二次世界大战接近尾声的1944年，盟军的大炮连续几天重创了这座城市，许多古迹已经荡然无存了，就是现在，在城市的边缘，依然可以看到被炸毁的军事工事和东倒西歪的碉堡。当时，德军的第一军区

▲ 在加里宁格勒，我向俄罗斯海关同行介绍中国海关管理经济特区的经验和做法。

司令部就设在这里。第二年，苏军发动了“东普鲁士攻势”，一举夺下了这块重要的战略要地，据说当时德军有 4 万多人战死，9 万多人被俘，两者相加，超过了幸存城市居民人数的总和。根据波斯坦协定，这块地方划归苏联。在疆域和边界划分时，斯大林用铅笔在波兰和加里宁格勒边界之间划了一条直线，所以到现在，边界线是笔直的。至于这块疆域的归属，竟然没有归属紧靠着的属于苏联加盟共和国的立陶宛，而是划给了 600 多公里之外的另一个加盟共和国——俄罗斯，当时斯大林是怎么考虑的，至今仍然是个谜。

据说，苏军占领后，军政当局发布命令，居住在当地的德国人必须在 10 天之内，并且只准携带少量的衣物和日用品，撤回德国，否则就要被关进集中营里去。作为战败国的德国居民，只得含泪携家带口地离开了世世代代居住的故乡。而苏联政府则把立有战功的战斗英雄、劳动模范和军人举家迁入德国人居住的洋房别墅。苏联的四大舰队之一的波罗的海舰队司令部，就设在加里宁格勒。从此，这里便成了军事禁地和一年四季的疗养胜地，外国人未经批准不得进入该地区。

苏联解体后，加里宁格勒对外开放了，大批德国人涌入他们的故乡，

▲ 市区的宾馆里上下楼梯处的镜子，映照出上下楼梯客人的多重影子。

他们走街串巷寻找自己的遗产，街头经常可以看到德国人，有的坐着轮椅抱着自己过去旧宅的墙角痛哭流泪，有的把街上的石板撬下来带回去，作为对故乡、对前辈的追思和怀念。在加里宁格勒市，无论在市内还是在郊区，以及其几个沿海的卫星城，到处都可以看到当年德国人建造的形态各异的带尖顶和拱门的别墅小楼，历经百年的风雨，依然结实挺拔，经德国企业家出资恢复修建的哥尼斯堡大教堂和康德墓，高高地矗立在加里宁格勒市中心……而面对这些，如今居住在此的俄罗斯人则坦然地说，历史就是历史，不能否定，也不能改变，现在我们已经几代人居住在这里了，这里也是我们的故乡了。

此次，我以中国驻俄罗斯大使馆海关专员的身份，偕夫人专程到访，目的是考察、了解作为俄罗斯办得比较好的自由经济区的情况；向当地政府和海关介绍中国开办经济特区和经济开发区的经验，以及中国海关管理上述两区的做法，相互进行交流。因为使命光荣，所以受到当地政府和海关的高度重视。

在为期一周的时间里，当地海关局一位名叫瓦西里的处级干部全程陪同。我们一下飞机，迎上前来的瓦西里就把打印满满两页纸的日程安排递上来，征求我的意见。在前往住处的路上，瓦西里介绍说，安排我们夫妇免费下榻在当地最好的旅馆——波罗的海宾馆。这是一家早年由德国人开办的欧洲古典式的旅社，苏联时期经过改造，曾多次接待过国家领导人，旅馆设备先进，服务员素质高，在我们随后几天的体验中，其良好的服务确实印证了瓦西里的说法。

按照俄方的安排，我们夫妇受到了“代表团”级的待遇。拜访了加里宁格勒州副议长、苏联时期州委第一书记；对加里宁格勒自由经济区全权代表、行政委员会主席和自由经济区协会副主席，进行了采访，并向其介绍了中国管理特区和开发区的经验和做法；会见了加里宁格勒海关管理局局长，听了对方的介绍，相互交流了海关管理做法。此外，还参观了工厂和企业；考察了市场，与两批企业界人士进行了座谈；游览了市容和景点。通过上述活动，我们对加里宁格勒州的历史和现状、自由经济区的优惠政策、自由经济区对华贸易机会等，有了基本的了解，收获颇丰。

考察中，俄方多次向我们夫妇介绍说，20世纪80年代末，苏联进行经济改革时提出搞自由经济区，当时有条件的州、区、市共有24个提出要在本地区搞自由经济区，但是由于高层领导对此意见不统一，一派支持，另一派则认为自由经济区是国家财政的吸尘器，不同意搞，结果造成自由经济区的法规不健全、不配套，基础设施投资很少，又缺乏经验和管理人才，所以几年来创办自由经济区的工作进展缓慢，多数地区只是停在纸上，没有实质性的行动，当时搞得比较好的只有两家，一家是位于远东的纳霍特卡，另一家是加里宁格勒州的命名为“琥珀”的自由经济区。据说，后者有后来者居上的趋势。

加里宁格勒自由经济区开始称自由经济区，1992年改为保税区，后来感到两者区别不大，又改回来，仍称自由经济区。该区的面积包括全州的范围，在州政府的机构中下设自由经济区管理委员会，其职责为：规划建设、行政管理、招商引资、外资登记。在自由经济区专门设立了13个海关机构，其中一个厅局级的海关管理局，6个处级海关，6个科级海关，共有1000名海关关员，海关管理从机构和人员的数量上都是俄罗斯各州、市、区最多的，充分反映出国家对加里宁格勒自由经济区的重视。该州的各个进出口口岸均被海关控制了，但海关业务发展快，办公生活条件差，人员素质不齐，远远不能适应需要。

当时，已经登记注册的外资企业共有790家，来自世界43个国家，最多的是德国，占40%；其次是波兰，占10%；奥地利占6.3%；拉脱维亚占5.4%；没有一家中国企业。其中，商业性企业占了573家，而外资占百分之百的只有217家。据了解，在自由经济区登记注册一家外资企业，需要的费用是1.2万多美元。

加里宁格勒自由经济区依据的法规主要有3个：一是1992年6月4日第548号总统令《关于发展自由经济区的几项措施》；二是1992年12月23日第1625号总统令《关于保障加里宁格勒州对外经济贸易活动的条件》；三是1993年12月7日第2117号总统令《关于加里宁格勒州若干

问题的决定》。上述以总统令发布的法规和规定的优惠政策，概括起来主要有6个方面：一是进口到该州的商品10年之内免征进口关税、增值税、消费税和特别税；二是产自该州的产品免征出口税；三是产自该州的战略性物资，除石油及其制品、鱼及其制品、琥珀及其制品外，一律免除出口许可证；四是在该州登记的企业（包括外资企业）从事农产品加工、民生用品、建筑装修材料生产的，5年之内其收入的70%免征利润所得税；从事其他产品生产的，4年之内其收入的70%免征利润所得税；五是生产性企业（包括外资企业）其生产的产品有50%以上出口，其利润所得税只征收50%；六是各种企业（包括外资企业）其利润用来发展社会生产的，一律免除各种税收。据官方介绍，之所以采取上述优惠政策，是出于以下3点考虑：一是该州经济发展落后，刺激发展生产；二是该州位于波兰和立陶宛之间，上述两国均采取了较大的开放政策，不这样做该州将难以为继；三是该州远离俄罗斯本土，采取上述优惠政策不会对俄罗斯本土经济造成威胁；其他州也不易攀比。

▲ 加里宁格勒优美的景色深深地吸引着我。

据加里宁格勒自由经济区协会的负责人介绍，该州的投资优势已经引起了西方的高度重视，当时到该区投资设店办厂的主要是西方企业，而东方特别是亚洲的中国和日本尚未引起重视，中国一家企业也没有，日本也只有一家。该区上层希望平衡发展，因而十分欢迎中国企业界前去考察了解。

考察结束后，回到使馆我提交了一份6000字的报告。报告的主要内容是，根据当地的需要，结合中国的实际能力，提出了8个方面的经济贸易机会建议：

其一，轻纺产品销售。当时市场上销售的中国商品不多，有一些也是从波兰和德国倒过来的，售价较高。中国公司可以在该州设专卖店、租柜台，从事批发零售或寄售均可。

其二，轻纺产品加工制作。当时该州的工厂开工不足，厂房和设备闲置，另外生产轻纺产品的企业缺少资金、工艺和原材料。该州海关管理局副局长建议，中国生产的轻纺产品的半成品，运进来，缝一缝，连一连，在当地销售或往西方出口均合适，没有进出口关税，距离近，一定会获得高收益。

其三，开办餐饮业。中国美食享誉世界，当时该州竟然没有一家中国餐馆，而当地旅游业比较发达，迫切需要开办一批中国餐馆。据该州自由经济区协会的负责人推荐，最迫切的是在加里宁格勒市内和两个沿海的卫星城，分别各开一个店，以解燃眉之急。他还说，独资、合资都可以。

其四，从事养殖业。该州有3个大型的鱼类加工厂，苏联解体后，远洋船队撤走，加工厂的原料供应发生困难，而当地河塘湖泽多得数不胜数，气候条件又十分适合发展养殖业，他们希望中国企业来该州发展养殖业。

其五，发展蔬菜和水果种植业。该州蔬菜和水果全部从国外，主要是从欧洲进口，价格昂贵，他们希望中国企业能派人来，合作生产蔬菜和水果。

其六，从事琥珀加工。该州的琥珀储藏量占世界的90%，是世界上琥珀生产最大的地区，由于工艺落后、款式老旧、制作粗糙，大大影响了效益，他们建议具有高水平制作首饰的企业，派人来合资建厂或建立琥珀供货关系。

其七，发展海上船队运输。从东欧撤回的上百艘舰船停靠在内河没有事干，他们想与中国运输部门合作，到中国沿海一带从事海上或内河运输，将另外一些废旧的船舶当做废铁卖给中国企业。

其八，进行劳务出口。该州劳动力十分紧张，并且干活效率低，而该州安置从东欧撤回的军人，需建大批住房，居民住房和老旧别墅以及半拉子工程的维修和续建，急需勤劳的中国建筑劳务人员，而当地有自己批准进口劳务人员的权利，手续简单，宜于操作。

报告最后，我还提出了要抓紧时机、横向联系、使馆牵头、突出重点等4条建议。

值得一提的是，这份报告受到了使馆和经济商务参赞处领导的高度重视，立即将其发回国内。不久，赴加里宁格勒考察、创业的团组陆续不断，每次专门到使馆拜访我，我都详细地介绍该州的情况、我对该州的印象及需要注意的事项，为他们前往考察和创业给予指引，受到欢迎。一时间，我成为他们进入加里宁格勒的向导。据了解，目前有不少企业在该州已经扎根，获得了长足的发展，可以说，这与我们此次考察不无关系。

（此文写于2013年）

接待钱冠林署长

1994年9月中旬，江泽民主席访问俄罗斯。当时，刚刚接任海关总署署长的钱冠林同志，以非正式代表团成员的身份，随团访问俄罗斯。我国驻俄罗斯使馆将接待钱冠林署长的任务，分配给了经济商务参赞处。当时，我是借调到经济商务处的，海关的领导来了，其具体的接待工作自然而然地落到了我这个来自海关总署的“一秘”身上。那次工作经历，有两件事，我印象最深。

第一件事，与时任俄罗斯国家海关委员会主席克鲁格洛夫会谈时，钱署长一开始就很郑重地把我这个充当翻译的一秘，介绍给俄罗斯的海关同行。他说，孟宪起先生是海关总署副司长级的干部，毕业于中国名牌大学北京师范大学，是教育学硕士，是我们海关总署的教育专家，他到使馆经济商务参赞处工作，是来体验和熟悉驻外外交官的工作和生活、了解中俄经贸发展的状况、加强中俄两国海关的联系的，请俄罗斯海关同行对他今后的工作从两国海关友好合作的角度出发，多多关照和支持。钱署长的介绍，特别是将支持我的工作提到发展两国海关关系的高度来对待，一方面为我以后和俄罗斯海关打交道，奠定了有利的基础；另一方面，也为中国海关将在驻俄罗斯使馆设立自己的代表机构，顺利开展工作，埋下伏笔，创造了条件。谈判是在非常友好的气氛中进行的，钱署长详细地介绍了中国海关服务经济发展、采取的措施及业务改革的情况，同时还应邀谈了中国经济深化改革所取得的成就，甚至介绍了国内集资修建高速公路的做法。主人听得津津有味，谈判时间比预定延长了近1个半小时，把我这个翻译也累得不亦乐乎。在返回住处的路上，钱署长饶有兴致地问我，汉语简单的一句话，为什么俄语翻译得这么长？我边开车边不好意思地回答道，翻译讲究“信、达、雅”，因为我对俄语的海关业务术语还不太熟悉，一时还不能完全做到“信、达、雅”，为了把领导的意思准确地表达给对方，不得不在译文中加了许多解释性的内容，这样翻译的句子无形中就显得冗长，只能做到“信”和“达”，就顾不上“雅”了，请钱署长多原谅。听后，他若有所思地说，忠诚老实是海关人员的职业操守决定的，在翻译中也不能例外。今天一个 50 多岁的副司级干部给我当翻译又开车，已经相当不错了，谈不上什么原谅。

▲ 我给时任海关总署署长钱冠林同志当翻译。

第二件事，代表团到访的第 3 天，钱署长要到使馆来看国内海关总署发来的请示电报，我开车将他接来处理完电报，然后再送他回住处。我们刚驶出使馆大门，发现传达室门口有几个衣衫褴褛的中国人坐在台阶上，没人理睬。见此情景，钱署长问我，这些人是干什么的？我漫不经心地答道，可能是几个“倒爷”，赔了钱，回不了国，来找使馆要路费的。听到此话，钱署长让我掉头回去问个究竟。我行动上服从了，但心里却有点抱怨他多管闲事。我下车问明情况后向他报告，是几个做生意的中国人在市场被流氓抢走了护照和钱，来向使馆报案，请求帮助的。听后，钱署长立即让我带着这几个人去找领事部，我说先送您回住处，我再回来处理这件事。钱署长却坚持说，先安顿好这几个中国人再走也不迟。我只得重新下车返回，把他们带进传达室登记进入使馆领事部，将其交给值班的领事，并说明这是我们钱署长一再嘱咐要办好的，对方答应立即办成之后，我才带着大功告成的心情回到车上。本想钱署长会夸奖我几句，没想到他却一脸严肃地对我说，外交官是国家和人民派到国外来的，职责之一就是为旅外华人服务，对遇到困难的华人，采取官僚主义的态度，是失职。钱署长的话不多，但分量很重，使我的心灵受到震动。他这“多管闲事”的举动，成了我以后真心实意为国人服务的指路灯。

（此文写于 2013 年）

四篇重要的调查报告

20世纪90年代初，解体后新生的俄罗斯市场，大量充斥着中国的商品，其中不乏假冒伪劣的商品，少部分中资企业缺乏诚信，存在短期行为，俄方对此反应强烈，一时间在俄罗斯消费者心里，中国商品成了“假冒伪劣”商品的代名词。甚至，俄罗斯马戏团在小丑表演射击节目时，子弹是臭子打不出去时，“小丑”也会顺口说出这是中国产的，于是引起全场观众哄堂大笑。还有的商店竟然在门口竖起牌子，上面写着“本店概不出售中国货”，以此来证明，该店出售的均是正牌优质商品。在这种背景下，中俄贸易的主流是什么？中国正规的企业，是不是都在搞歪门邪道？中国质优价廉的商品“处境”如何？在俄罗斯还有没有发展的前途？一时间，诸多疑问成了国内普遍关心的焦点问题。

针对此严峻形势，经济商务参赞处公使衔参赞胡楚生同志，不止一次地在处务会上要求全处深入调研，挖掘中俄贸易的本质和主流，特别要求一秘要拿出一秘水平的东西来。根据处领导的要求，我用1个多月的时间，连续召开了3次中资企业代表座谈会，反复打电话进行访谈，深入在莫斯科的12个中资企业进行调研，多次到出售中国商品比较集中的商店或市场进行暗访……在两个月的时间内，收集了大量的数字和事例，然后进行归纳、整理，先后写出《中化莫斯科分公司是如何实现年利润800万美元的？》、《酒香不怕巷子深——中餐扎根俄罗斯的秘密》、《上海康元饼干的生意经》、《俄罗斯人信服中国的汽车挡风玻璃》等4篇调查报告，上报回国内。这几篇报告，以生动翔实的事例，回答并解开了大家心中的疑问，看到了中俄贸易发展的主流，因此受到外经贸部领导的重视，以简报的形式转发，并上报给国务院。

第一篇《中化莫斯科分公司是如何实现年利润800万美元的？》，写的是国有企业中化莫斯科分公司，在总经理华有志的带领下，扭亏为盈一年净利润800万美元的事例。这种结果是怎么得来的？是他们诚心诚意地帮扶俄罗斯企业恢复生产，取得信任的结果。当时，生产制革用的红矾钠是国际市场上十分抢手的商品，俄罗斯西伯利亚地区的奥姆斯克有一家大型的生产红矾钠的工厂，因为资金缺乏，设备不能更新，原材料进不来而停产了，造成工人下岗，工厂面临倒闭。在这危难时刻，华有志总经理带队深入该家企业进行调研，找到了困难所在，与厂方达成协议，中化莫斯科分公司掏出全部的自己可以支配的300万美元资金，又从总公司筹措来500万美元，共800万美元，为该企业从荷兰购进设备，从意大利买进原材料，使工厂得以起死回生，全面恢复生产。红矾钠生产出来后，一时间，比利时、新加坡、意大利、土耳其、韩国的公司纷纷找上门来购买，这家工厂却一概拒绝，只卖给中化莫斯科分公司，他们说：在我们困难的时候你们都哪里去了？危难时刻见朋友，是中化莫斯科分公司救了我们，我们只卖给他们。俄罗斯化学联合公司要买，工厂也说，能不能卖给你，去问一问中化莫斯科分公司，他们让卖给你，我才卖！考虑到俄化联是“地

▲ 我参观展览会，向参展商了解情况。

主”，华有志出面说情，工厂才卖了一部分给他们。还有一次，华有志接到该工厂厂长打来的电话，让中化莫斯科分公司下周二准备接货，一个车皮的红矾钠已经发运在路上。华有志惊讶道：咱们协议还没有签呐，你就发货了？！对方回答，协议好说，以后补签。这个事例告诉我们，俄罗斯人是讲义气讲信义的，中资企业要想在俄罗斯站住脚，能赚钱，就必须真心实意地进行合作，诚心诚意地进行帮扶，一句话，老实人到头不吃亏。

第二篇为《酒香不怕巷子深——中餐扎根俄罗斯的秘密》。上世纪 90 年代初，在莫斯科、圣彼得堡等地开办的中餐馆，犯有一个“通病”——急功近利，表现在饭菜没有特色、花样单调、质量不高。我在调查中发现，开设在莫斯科轻工业学院学生宿舍楼里的“唐人大酒楼”，虽然地处偏僻，却生意兴隆，顾客盈门，到那里吃饭要排队，要预约。俄罗斯政界要人、商业大亨都屈身光临这家不太起眼的餐馆。“唐人大酒楼”成功的秘诀在哪里？经过调查和访谈发现，他们的秘决有三：一是服务细致周到，除一般热情的服务招待外，客人点过的菜单，他们都输入电脑，下次再来，打印出来供客人点菜时参考；二是邀请俄罗斯人品尝，选定适合俄罗斯人酸甜口味的系列菜品，专为过生日、家人团聚、情人约会、请客招待等提供特色明显的套餐；三是价格低廉，薄利多销，菜量大，适合俄罗斯人饭量大的特点。“唐人大酒楼”开动脑筋，“看人下菜碟儿”，为客人提供上乘的服务，不愁没有“回头客”，达到“酒香不怕巷子深”啊！

第三篇是《上海康元饼干的生意经》。上世纪 90 年代初，新加坡和中国上海合资生产的康元饼干，在国内的名气不如在俄罗斯的大，其“秘密”在哪里？全靠该企业在俄罗斯开办的分公司运用了一套成功的生意经。第一，保证质量。康元饼干是奶油做主料的饼干，在奶制品为主食的俄罗斯，要竞争取胜站住脚，保证质量是万万不能马虎的。有一次，国内生产的一批饼干因椰子油缺货，临时改为色拉油，运到俄罗斯时间长，发现有哈喇味，于是分公司毅然决定，运到的 1 吨饼干全部当做饲料处理掉，已经卖出的全部追回，并更换为椰子油制作的饼干。这一举措在客户中反响强烈，赢得了信任。第二，服务周到。例如，分公司专门购置了 5 台面包车，免费为订购10公斤以上饼干的客户送货上门。第三，让利和信任客户。分公司实行先销售后结账，以结账当天的卢布汇率为准，将卢布贬值的风险留给分公司自身，这在当时卢布贬值快的情况下，赢得了大量的订户，使康元饼干的销售，经常处于供不应求的状态。当我问分公司负责人为什么这样做？他微笑着回答，饼干是吃的东西，在饭馆吃东西，总是先吃饭，后结账嘛。至于分公司承担一点卢布贬值的风险损失，从商品快速运转的获利中就弥补上了。第四，“以俄治俄”。所谓的“以俄治俄”，是放手让俄罗斯人管理分公司，国内派来的少量中国人只管理账目和出库，推销联络、经营管理、行政后勤、人事管理等全部由俄罗斯人负责，逐步做到企业“属地化”管理。

第四篇为《俄罗斯人信服中国的汽车挡风玻璃》。当年，福建福耀玻璃集团生产的汽车挡风玻璃，在俄罗斯销量大增，利润丰厚，一时间引起俄罗斯海关和税务部门的注意。一天上午，该集团公司所属莫斯科分公司刚开始营业，俄罗斯海关和税务部门联合调查组的4个工作人员突然进来了，出示相关证件后，说明他们是来查账的，希望得到配合。然后，他们封了电脑，要了账本，清点了库存，进行对照检查，结果发现，进货、销售和库存相符，电脑的记录和账本的数字相符，应缴的海关和各种国内税一笔不少。两个小时的检查结束后，检查组负责人表扬了他们，并感谢分公司的配合，然后开车离去。没想到，半个小时后，这拨人又返回杀了个“回马枪”，重新对照检查了一遍，仍然没有发现一点破绽。联合调查组折服了。不久，海关给分公司颁发了“信誉良好”证书，并授予该分公司进口商品免验的待遇。我向分公司负责人询问，在当时企业普遍存在偷漏税的现象，而你们公司却遵纪守法，一笔不漏地照章纳税，是怎么想的？该负责人不假思索地答道，外资企业在异国他乡要确保安全生存，首要的是遵纪守法，另外照章纳税是企业应尽的义务。最后他补充道，我们公司生产的挡风玻璃在俄罗斯市场的销售利润高达5倍以上，没有必要偷漏税。

苏联解体后，中俄贸易的发展经过20多年风风雨雨，从当初1992年的56.8亿美元猛增至去年的881.6亿，增加了14倍还多。2012年，中国

▲ 我深入企业，与企业主交换意见。

在俄罗斯除独联体之外主要贸易伙伴国中，稳居第一。中俄贸易额占俄罗斯进出口贸易额的十分之一还多。这些成绩的取得，与从事中俄贸易的公司的不懈努力是密不可分的。类似上述 4 家公司为中俄贸易健康发展所做的贡献功不可没。他们取得的成功经验，向世人昭示：遵守驻在地国家的法规；讲诚信、守信誉；注重商品质量；提供优质服务。这些在经贸活动中“放之四海而皆准”的真理，同样是筑就中俄经贸大厦的基石。

（此文写于 2013 年）

当之无愧的奖励

2008年，第29届夏季奥运会在北京举办，我作为一名老年志愿者，有幸担任了俄罗斯体育代表团和俄罗斯残奥代表团的联络员。2008年8月26日，俄罗斯体育代表团将俄罗斯体育部长亲自签名的“第29届夏季奥运会最高运动成就奖牌”授予我，团长说：“根据尊敬的孟宪起先生的杰出表现，荣获此奖牌是当之无愧的。”接过这块精美而沉重的奖牌，我激动不已。在与俄罗斯代表团共同生活的几十个日日夜夜里，一幕幕难以忘怀的场景浮现在眼前……

▲ 身着奥运会志愿者服装的我在奥运村的影壁前留影。

“村里”办事，求助各方

俄罗斯体育代表团的人数较多，除中国和美国外排在第三。人多事就多，我和服务于俄罗斯体育代表团的大学生志愿者们早已暗下决心，一定要在真诚的微笑中，向代表团提供优质的服务，当好中国人民热情好客的形象大使。为搞好服务，我建议志愿者们要具备“钢头、铁嘴、橡皮肚子、飞毛腿”的本事。对代表团提出的各种要求，坚持不说“不”字，应真心实意、想方设法地帮助解决，实在解决不了，则耐心说明情况和难处，求得谅解。

代表团中一位70多岁的资深运动专家，需要到场馆现场出谋划策、实地指挥，但他腰有毛病，行动不便，从奥运村的公寓楼到5号门乘车点，400米的距离他要步行40分钟。看到这种情况，连续几天我主动联系了村里诊所、交通、物流、服务中心等4个部门，先后用救护车、卡车、拉货的电瓶车或拉人的敞篷车，把老专家按时送到村外的乘车地点，保证他及时到场指导，代表团获得了比赛的两块金牌。事后，他感激地说，金牌的取得有“米沙”（他们给我起的俄文名字）的功劳。

▲ 俄罗斯体育代表团公布捷报。

一位自行车运动员，比赛时不慎摔倒，臀部和背部严重擦伤，穿脱衣裤十分痛苦和不便，急需披穿一件布料的白大褂，随队医生和我讲了，我在“村里”四处找没有找到，让志愿者跑了几家百货商场和医疗器械商店，也没有买到，最后我打电话咨询，终于在王府井的一家商店买到了。当受伤的运动员穿上身后，十分感谢。随队医生说，在“米沙”的字典里，没有“难”字。

▲ 与俄罗斯体育代表团团长瓦辛先生合影。

为了创造宾至如归的气氛，我们在每个房间放置一封用俄文书写的欢迎信，写明我们的联系电话；为过生日的运动员送上生日贺卡；为金牌获得者献上贺信和礼品；在迎送运动员的汽车上，播放优美的俄罗斯歌曲……

我们的行动感动了俄罗斯代表团，他们认为中方派了一位正局级“老海关”给他们当联络员，是中国政府对他们的支持，是中俄友好的例证。当我向团长反映学生们工作一天后回到学校宿舍，没有消暑设施，睡不好觉，身上长了痱子，影响工作，团长便决定代表团出钱让自己的团员去住宾馆，腾出奥运村带空调的公寓房，让给学生们住。当团长知道我每天路途挤公交车需用 3 个多小时后，执意要派他的专车接我上下班，被我婉言谢绝了。我们的工作取得了代表团的极大信任，他们把代表团漂亮的服装和背包发给我们，让我们穿上，成为他们中的一员。在告别会上，代表团团长深情地说：“我参加过 8 次奥运会，接触过许多国家的志愿者，你们留给我的印象最好。”一位副团长说：“来中国之前，有人对我说，中国人滑头，不好相处，光要嘴皮子，不干实事，和你们接触，实践证明，这种说法是不对的，中国人都是热情的实干家！”

▲ 与俄罗斯体育代表团副团长伊格尔先生合影。

情感交流，加深友谊

我的体会，奥运会不仅是竞技的战场，还是交流情感、加深友谊的平台。通过我们人性化的服务，展现的是我们民族宽厚仁爱的胸怀和广纳百川的气概。为此，我们开展了“三个一”活动：一声问候（见面主动用俄语问候）；一张征询单（每个楼层贴有需要帮助解决问题的单子，请运动员填写，及时解决）；一竿子插到底（谁接的任务负责完成到底，中间不转手）。服务强调“三个细”：细节、细心、细微。

按照分工，我的任务之一就是把团长、副团长“服务”好。工作间隙我们聊天、开玩笑，他们主动向我了解西藏、计划生育等他们感兴趣的话题，认真听我谈看法，谈在莫斯科工作、生活的经历和趣闻。团长问我，你这么高的级别、这么大的年龄，为什么还来当志愿者？我说，2001 年，在莫斯科我亲眼看到了俄罗斯朋友为我国申奥成功提供的帮助和支持，我要用服务代表团的实际行动，回报你们的这份情、这份义！心灵的沟通使彼此的关系越来越亲近，团长们把我看成知心朋友，有相见恨晚的感觉。我顾不上休息，亲自去为他们换汇、陪他们配眼镜、吃北京风味小吃、逛

▲与俄罗斯体育代表团的领导们在长城合影。

故宫、游长城、临走为他们的物品打包……团长们十分信任我，把我当成他们的“私人秘书”，让我为他们来京旅游的妻子儿女安排旅游计划、订票，陪其购物、逛街，选购地毯、茶叶、丝绸、灯具等高档商品，请我帮助“砍价”。代表团的一位顾问还让我为其女儿在中国介绍一个对象。临别时他们一定要宴请我和我夫人，请我的夫人和孩子到俄罗斯中心做客……他们说，是奥运把我们联结在一起，今后我们要像朋友和亲戚一样相处，彼此留下家庭地址和联络方式，回到莫斯科后，他们还专门打来电话，报平安、叙友情。

▲与俄罗斯残奥代表团副团长娜莛莎女士在颐和园合影。

关系密切、感情融洽，促进了工作的开展和问题的解决，当我向其了解，代表团里有无支持“藏独”的，团长说，放心吧，俄罗斯代表团不会有这种人，事前我们宣布了纪律，不准参与政治活动。

分别的时刻到了，每个志愿者用俄语说出一句发自肺腑的话，团长眼含热泪紧紧拥抱众人，大家齐呼：中俄友谊乌拉！乌拉！！乌拉！！！

确保“零投诉”

2008年北京奥运会和残奥会结束后，刘淇同志宣布我们提供服务的工作完成得十分圆满，达到了“零投诉”。自豪地说，为了实现“零投诉”，我作为一名老外交官，也作出了自己应有的贡献。

2008年9月14日，俄罗斯驻华大使馆举行招待会，俄罗斯残奥代表团的150名运动员应邀出席。按照团长的要求，我们与在残奥村服务的一家服务水平比较过硬的大型出租汽车公司联系，签订了3辆大轿车从下午5点至深夜1点租用8小时的合同，并交纳了租车费。其中一辆车把运动员送到使馆后，司机嫌没有招待他，居然开车回家了。晚上10点，招待会结束，使馆文化参赞把运动员送出来，发现少了一辆车，50个运动员无法回村。参赞亲自给司机打电话，得到的答复是，他已下班，不能回来接送运动员，让代表团另想办法。代表团不得不又找另外两辆车的司机商量，能否送完这趟再回来接送一趟。答复是可以，但必须付给司机个人500元钱，少一分不行。无奈，一气之下，团长决定50个人全部“打的”回村，并决定投诉这家出租汽车公司。

▲ 与为俄罗斯残奥代表团服务的志愿者合影。

第二天一上班，团长向我诉说了昨晚发生的事情和决定投诉的想法，问我支不支持他们投诉。听了团长的话，我既感到吃惊、痛心，同时又感到压力山大。心想，如果投诉发生在我服务的俄罗斯残奥代表团，怎么向领导交代？必须抓紧时间做工作，妥善化解矛盾，让代表团撤消投诉的决定。我当即表态，坚决支持代表团投诉。然后，我马上找来志愿者商量解决的办法，分头去做工作。中午得到出租汽车公司想扯皮、想狡辩的答复。我赶紧亲自打电话给车队队长，说明了昨晚发生的事情的性质是恶劣的、影响是很坏的、后果是严重的，请他立即报告他们公司的领导。下午，出租汽车公司作出了返还2400元的租车费、加倍赔偿打车的费用，同时由公司一位副总、车队队长带着司机来向代表团赔礼道歉的决定。我将这个决定转告了团长，并讲了不能与车队的关系搞僵，今后几天代表团还需要车队支持的道理，请他见好就收。没想到团长仍然坚持第二天上午9点去投诉，并问我支不支持。我赶紧表态，一如既往，坚决支持。为了应付代表团的投诉，我赶紧布置了继续做工作的方案。第二天一上班，团长问我支不支持投诉，我斩钉截铁地回答：坚决支持！8点半，我如约来到团长办公室，打算陪他去投诉。团长却哈哈大笑说：不去投诉了！之所以坚持投诉，是为了考验我是不是真心支持投诉。事后，团长十分感慨地说：开始我担心，你们中国人肯定向着中国人，外国人在中国的地盘上打官司，肯定打不赢。没想到你们是主持公道的，不但热情周到地为我们服务，还真心实意地保护我们的合法权益，真叫人感动！

▲ 陪同俄罗斯残奥代表团领导慰问为其服务的车队。

避免俄、格运动员发生冲突

2008年8月，在北京奥运会期间，格鲁吉亚和俄罗斯发生了武装冲突，消息传来，两国运动员们都很激动。听说格鲁吉亚运动员要来找俄罗斯运动员理论一番，并威胁要退出比赛，回国参战。俄罗斯运动员的反应也很强烈。队医说：就凭“弹丸之地”的格鲁吉亚，敢于和“庞然大物”的俄罗斯“叫板”，背后没有美国支持，是不可想象的。来吧，来了我好好给他们上上课。我及时将这些动向向上级领导做了汇报，并请团长在运动员中做工作，进行劝说，要执行国际奥林匹克宪章第51条的体育不干预政治的规定。团长答应说：“你放心吧，闹不起来。代表团团员都听我的。我不让他们出去，谁也不敢动。另外，我还可以做一做格鲁吉亚代表团的工作，早在苏联时期，我和格鲁吉亚代表团的团长就是好朋友，我给他打个电话，他会听我的。让他也做做他们团员的工作。”听后，我心里有了一点底。为了确保万无一失，我又与格鲁吉亚联络员进行了沟通联系，共同做工作，经过一番努力避免了事态的扩大，确保了奥运村和平安定的局面。

▲ 与俄罗斯女子体操冠军合影。

格鲁吉亚和俄罗斯的武装冲突发生在北京奥运会期间，有悖奥运精神，但在8月11日的女子射击比赛中，俄、格两国运动员分获银牌和铜牌，颁奖时俩人礼貌性地相拥，这引起了西方特别是英国媒体的大肆渲染，借此在政治和外交上给俄罗斯施加压力，俄罗斯代表团对此十分敏感。8 月 14 日，中央电视台欲采访这两名运动员，据说格鲁吉亚的运动员已经同意了，而俄罗斯的运动员以没有时间为由，进行推辞。奥组委国际联络部下达指示，让我做团长的工作，说服运动员接受采访。这是一件难以完成的任务，因为一早我把刊登两国运动员相拥照片和文章的《北京晚报》，介绍给团长看时，就碰了一鼻子灰。团长激动地说，联合国通过文件规定，在北京奥运会期间停止一切战争，格鲁吉亚在这份文件上是签了字的。但是格鲁吉亚带头破坏了，却相安无事，没受到谴责，而被迫起来进行反击的俄罗斯却遭到谴责，希望中国朋友要坚持原则，明辨是非。我将此情况向国际联络部进行了说明，建议取消采访，并说如果非要劝说，我的面子小，劝不动，还是请部里派人来做劝说工作吧。不一会儿，国际联络部的协调员来了，团长以体育不应干预政治为由进行推辞，拒绝做运动员的工作，使中央电视台的采访“流产”了。这件事说明俄罗斯人是讲原则的，他们不会做违心的事的，同时，也说明统筹和协调也不是万能的，要从实际出发。

▲ 与俄罗斯男子举重冠军合影。

用理性应对不理性

俄罗斯人是很张扬的，他们原想利用这次奥运会扬一扬国威，但俄罗斯代表团迟迟拿不到金牌，他们很恼火，尤其在中俄冠亚军之争的一些项目上，最终是中国得了冠军的时候，显得特别别扭。于是，我及时提醒大学生志愿者们，在现场千万不要欢呼和鼓掌，以免刺激俄罗斯朋友。为了早日夺得金牌，他们请来东正教的神父在代表团总部进行祈祷，我们主动帮助布置神像，摆放圣灯和蜡烛。代表团的一位老顾问问我，俄中之争，你希望谁得第一？我不假思索地回答：希望并列第一。老顾问夸赞我，真不愧为老外交官！

奥运比赛正式开始后，俄罗斯代表团前3天连续无金牌产生，急躁和抱怨的情绪蔓延，有的运动员甚至认为是中国队抢走了他们的金牌，心中十分憋屈，因此，故意搞坏热水器、拧坏推拉门把手等事情接连发生，特别是以电梯迟迟下不来为由，用脚踢坏电梯门，进行发泄。事后，奥运村物业部门要求他们进行赔偿，我及时向俄罗斯体育代表团团长报告。团长听后很生气，表示要进行批评教育！我觉察到俄罗斯代表团领导对此事比较重视，如果坚持赔偿，势必加重俄罗斯运动员们的对立情绪。我从维护和加强中俄友谊的大局和高度出发，向村里物业部门领导提出建议：以教育为主，下不为例，如再发生，“新账老账”一块算。物业部门领导接受了我的建议。团长也表示感谢，立即召开会议，批评了这些破坏公共财物的不文明行为，此后，直至比赛结束，再也没有发生破坏公物的事情。事后，我又通过协商，从丢失钥匙的赔偿款中把修理损坏公物的费用补了回来。这样做，既维护了俄罗斯体育代表团的声誉，又避免了中方的经济损失，可谓两全其美！

奥运会结束后，我分别获得了北京奥组委授予的志愿者先进个人称号和海关总署给予的特别奖励。海关总署的一位领导了解我所取得的成绩后，深情地说，一名海关外交官为国家为海关的荣誉尽心竭力地工作、奋斗，获得上述荣誉是当之无愧的。

▲ 参加北京奥运会志愿者服务，我荣获了3个奖项：
北京奥运会志愿者先进个人；海关总署特别奖励；
俄罗斯体育代表团授予的最高运动成就奖。

（此文被收入北京出版社2009年1月出版的《北京奥运村纪事》一书）

俄罗斯风情篇

“邓小平街”的故事

20世纪80年代末，我就听说俄罗斯有一位用微型眼科手术治疗近视眼的高级专家。来到驻俄使馆后，听说有几位外交官同事也找这位专家治疗过近视眼，效果都很好。后来，我终于在报纸和电视上见到了介绍这位专家的消息，他叫费德洛夫·斯瓦思托拉夫·尼古拉耶维奇。

费德洛夫医术高超，靠发明微型手术治疗近视眼出了名，不仅俄罗斯各地，世界各国的有钱人均前来找他治病，他也因此而发了财。几年来，他用行医挣来的钱装修了医院的手术室和病房，改善了医疗条件；盖了五星级宾馆，接待世界各地来治疗的病人；进口了手术设备，装备了一架飞机手术室，到俄罗斯各地甚至到国外，为某些患有近视的特殊病人免费手术。他的威望因此也如日中天。1997年，他与叶利钦一起竞选总统，得票率还不低，排在前10名。他的政党叫苹果党，他是党魁，支持他的选民大都是知识分子。费德洛夫喜欢收藏世界各地的名马，有50多匹，并聘请俄罗斯的赛马世界冠军饲养和训练这些马匹，其中有一匹高大健壮的蒙古马，还被俄罗斯电视台录了“奔马”的“台徽”，每天节目开始都播放，因为俄罗斯的版图就像一匹奔驰的骏马。

费德洛夫还有一个壮举，就是把挣来的钱，在距离莫斯科北部60公里处，风景秀美的伏尔加河畔，买了一大块地，建了几十座别墅，形成一个环境优美、条件舒适的居住别墅区，还自费修了一条10多公里长的柏油公路，与交通干线连接。别墅区里共有两条街道，经过政府批准，他把第一条长700米的街道命名为“邓小平街”。第二条街以他的“苹果党”的名字命名。他的别墅就在邓小平街的1号。费德洛夫之所以这样做，是因为这位德高望重的医学专家十分崇拜中国的邓小平，他认为邓小平再次拯救了中国，并带领中国人民战胜贫困，走上富裕发展的道路。他把这几十座两层小楼的别墅，无偿分配给医院的员工，要以实际行动向邓小平同志学习。莫斯科市政府还破例批准，允许他驾驶直升机上下班。

▲在“邓小平街”附近的伏尔加河畔留影。

费德洛夫对中国人民怀有深厚的情谊，他的飞机手术室也曾飞来过中国进行义诊。他也曾多次在邓小平街1号别墅接待过来访的邓小平同志的子女。每当春意盎然的美好季节里，邓小平街鲜花遍地、绿草如茵，中国使馆的外交官和中资企业的代表、留学生，常常驾车来到这里游览，亲身感受、见证这位俄罗斯的著名医生，对中国人民的深情厚谊，大家纷纷在费德洛夫乘坐的直升机前、在邓小平街1号别墅前，与在花园里休闲、劳作的费德洛夫本人及其亲属亲切交谈、拍照留念……

2000年6月3日，莫斯科各大新闻媒体爆出了一条惊人消息：著名眼科专家费德洛夫·斯瓦思托拉夫·尼古拉耶维奇不幸于6月2日因直升机失事遇难，享年73岁。消息传来，使馆上下一片震惊和惋惜，大家都为中国人民失去了一位尊贵的朋友而难过。6月4日星期天，中国使馆的外交官和中资企业的代表自发地、不约而同地开车来到60公里外的邓小平街，吊唁这位著名医生、中国人民的好朋友。灵堂布置在别墅区体育训练基地的大堂里，费德洛夫的遗像簇拥在鲜花丛中，旁边的幕布上悬挂着俄罗斯政府写的、评价特别高的悼词，其中有几句令人印象特别深："俄罗斯失去了自己伟大的儿子……他发明了治疗近视眼的微型眼科手术，并亲手为6000多名国内外患者做过手术，费德洛夫永远活在俄罗斯和世界人民心中……"

自发的吊唁活动开始了，当我们站在遗像前鞠躬、默哀3分钟时，只听得外面几声响雷炸开，倾盆大雨骤然从天而降，还夹杂着黄豆粒大小的冰雹。简短的吊唁活动结束后，当人们从灵堂出来，外面却雨过天晴，艳阳高照！大家站在高处向四面瞭望，惊讶地发现刚才下的大雨竟然只是在灵堂的附近，周围其他地方的土地仍然是干的。见此奇异情景，有几位同事十分感慨地说，这是费德洛夫的冥魂显灵了！他是为中国人民对他的深情厚谊所感动啊！费德洛夫去世不久，他的妻子——伊兰·费德洛娃（费德洛夫的学生、著名眼科医生）以费德洛夫的名义，组建了继续发展先进眼科医术基金会，该基金会的成员在费德洛夫的忌日这一天，免费为病人诊治。

▲ 与费德洛夫的夫人在"邓小平街"1号门前交谈。

在纪念邓小平诞辰100周年之际，中国驻俄罗斯使馆公使、临时代办程国平带领50多名外交官，乘车来到邓小平街1号看望伊兰·费德洛娃，深切缅怀费德洛夫先生，感谢他对邓小平同志的深厚情谊。伊兰带着大家徒步来到500米外费德洛夫的墓地扫墓，大家向中国人民的好朋友——费德洛夫行三鞠躬。接着，伊兰·费德洛娃发表即席讲话，她说，她和她的同事一定继承费德洛夫的遗志，为发展和巩固俄中两国人民的友谊作出新的贡献，祝愿中国人民的生活更加美好！

（此文写于2013年）

俄罗斯“剧院文化”

在俄罗斯工作的10多年里，接触过的方方面面，使我常想，相较而言，俄罗斯民族在近现代对人类历史作出的贡献，应该是首屈一指的。因为在社会政治制度上，是俄罗斯人，从国家的层面上，首先开创并实践了社会主义制度；在经济建设上，创造了令世人信服的经济奇迹；在科学技术上，第一次把人类送入太空，到现今，在现代科技和基础科学领域仍有50多项处于世界领先的地位；在文学艺术上，其小说、电影、芭蕾、油画、马戏等领域，涌现出很多大师级的人物。综观以上几方面，我得出的结论是，俄罗斯民族是个伟大的民族，是值得好好研究学习和敬佩的民族。

70多年的社会主义文明的教育和熏陶，培育了俄罗斯人较高的文化修养和综合素质，对艺术的热爱之情在每个人的心中深深地扎根。欣赏戏曲、观看马戏、聆听音乐会......是俄罗斯人日常生活的重要内容，也是逢年过节或假日里必不可少的“庆祝”项目，尤其对孩子们来说，更是非常开心的事。带着孩子去看戏，往往是大人对孩子的一种奖赏。

俄罗斯人到剧院看戏是很有一套讲究的，拿现今时髦的说法，就是“剧院文化”。莫斯科和圣彼得堡的剧院在功能上有细致的分工，有的是专门演出芭蕾舞的，有的是专门演出歌剧、话剧的，有的是专门演出木偶剧的，有的是专门演出滑稽剧的，有的是专门举办音乐会的……剧院的建筑装潢都十分气派和考究。以莫斯科俄罗斯国家大剧院为例，这座19世纪20年代建成的剧院，正门前矗立排列着由8个白色大理石质地的廊柱组成的门廊，门廊上方装饰着四驾马车的雕塑，粉白两色的大剧院，其造型宏伟、典雅。剧院内部，巨大的水晶吊灯发出晶莹剔透的荧光，镶金镀银的四壁，用金碧辉煌来形容，一点也不过分。再加上雕梁画栋的包厢，垂挂着紫红色的幔帐，雍容华贵，绝对呈现一派皇家气派。据说，当年赫鲁晓夫访问美国时，曾向美国人夸耀俄罗斯的大剧院，讥讽美国这文明那发达，竟连个像样的剧院都没有。就是这些剧院，给了令俄罗斯人感到无比骄傲的大师们一展艺术才华的天地；就是这些艺术殿堂，成了俄罗斯人接受文明、艺术熏陶和洗礼的无比神圣的精神高地。难怪人们把莫斯科的剧院称为“莫斯科第二大学”，真是令人由衷敬仰啊！

▲ 莫斯科大剧院神圣、高雅。

来到俄罗斯的剧院，人们自然而然地会产生一种神圣、高雅的感觉，一旦身临其境，人们的言行自然不自然地就会用“文明”的尺子来丈量。下面就让我们按照顺序走个“文明”的过场吧——

进到剧院，先要到衣帽间，脱掉大衣和外套，换上“礼服”，梳理头发，女士们还要简单化装。若是在冬季，要把脏兮兮的靴子脱下来，换上油亮的皮鞋。俄罗斯人认为穿着大衣和外套观看演出和参加活动是缺乏文明修养的表现，同时也是对别人的不尊重、不礼貌。

有一次，中国新疆歌舞团到莫斯科进行文化交流演出，为了保证演出的气氛和效果，使馆决定各处室要从自己对口联系的行业和系统内，邀请一定数量的观众，保证按时出席观看演出。演出当天，我联系的100名俄罗斯海关关员，身穿海关制服，如数按时到达剧场。按照习惯，这些“海关观众”进场后，都来到了衣帽间，准备把海关服换掉，只穿衬衣、坎肩或毛衣等入场。但是，为了拍摄电视，突出观众行业多样性的特点，要求这批“海关观众”着海关制服进场观看。当我向我请来的客人们说明情况后，这些善解人意的“海关观众”，不得不带着“不好意思”、“不情愿”的表情，穿着外衣——海关制服，入了场。

到剧院看戏，俄罗斯人一般很守时，如果迟到了，节目已经开演，就不能入场了，一定要等到中间换场时才可进入，以免影响别人观看。演出中，整个剧场内鸦雀无声，人们聚精会神地观看演出，静得连掉根针都能听得到。观众的情绪随着剧情的发展而起伏，大家对乱加评论、窃窃私语和来回走动等行为是十分反感的。每当我陪代表团观看演出，需要临场小声翻译时，也总会遭到前后左右“邻居”的白眼和嘘声，此时我总是感到十分尴尬和为难。

俄罗斯人十分尊重演员的劳动成果，对演员的精彩表演都要报以掌声，但鼓掌又大都能掌握时机和分寸，绝不死气白赖、不达目的绝不罢休地鼓起来没完没了，因为俄罗斯人一向尊重个性，尊重别人的意愿。

演出中间休息，一般有20分钟时间，观众都要走动一下，光顾最多的是洗手间和剧场小卖部。在洗手间可以吸烟，在小卖部能买到与观看的剧目相关的图书、资料、光盘、剧照和录音带等，这些东西在外边很难买到，所以卖得很好，但价格不便宜，喜欢收藏的人，就是贵也会买，因为“过了这个村，就没有这个店”了。父母往往带着孩子到小卖部给孩子买食品、饮料、纪念品和玩具，这也是父母给孩子的“物质”奖励。

演出结束，还有两个重要流程。

第一，献花。为了表达对自己所崇敬的演员的敬慕和感激之情，观众早已准备好了一束束鲜花，等到演员谢幕之时，人们便聚拢到台前，有顺序地走上舞台，依次献花。这其中特别值得一提的是，别具匠心的家长，往往会让孩子走上舞台去献花，这样做一方面可以锻炼孩子在公众场合的勇气和交际能力，另一方面也引导孩子去崇尚艺术家的精湛表演，同时，这种把感谢和敬佩交给“未来”的观众——孩子们来表达，是对演员、对表演艺术充满希望充满青春活力的淋漓尽致的赞赏。面对走上前来献花的孩子们，演员们会俯下身亲吻他们的额头和脸颊，被亲过的孩子脸上洋溢着骄傲和满足的神情，连蹦带跳地跑下台来。难怪在俄罗斯，古典的芭蕾舞和歌剧在现代化传媒和表现手法高度发达的今天，依然长盛不衰呢！其重要原因，就是它始终有着庞大的观众群，有着“未来”观众的持续需求支撑着。

第二，献完花之后，全体演职人员要列队向观众道别，这时全体观众会不约而同地起立，热烈而有节奏地鼓掌，没有人提前退场，直到演职人员被幕布遮住为止。这激动人心的最后一幕，是演员和观众一起用热情、感激、文明共同谱写的“尾声、折子戏”，而且场场如此，常演不衰！我想，这里面的主旋律就是“大写”的“文明”二字！

（此文写于 2013 年）

在俄罗斯的出行趣闻

出国旅游、出差和工作，总免不了要坐出租车或开车，在俄罗斯“打出租车”和开车是很惬意有趣的事。在此，我就讲一讲在俄罗斯打出租车和开车出行的趣闻。

在莫斯科、圣彼得堡等大中城市里，专业的出租车很少，这些“稀少”的出租车，一般只穿行在宾馆、机场、车站附近，专“宰”那些不熟悉路况的外地人或外国人，或者仅仅满足提前向专业出租车公司预约的客人的需求，做到定时定点来接送客人，车费较为昂贵。因此，在俄罗斯城里的街道上，很少能碰到像我们国内四处揽活的专业出租车，当地的俄罗斯市民和长住的外国人，一般都打“兼职”的出租车。所谓“兼职”出租车就是指个人的私家车、少数单位公车，这种车满街都是，非常方便。这些“兼职”出租车的司机，有的是下班回家或外出办事，顺路拉上一位客人，可以挣点汽油钱，于己于人都有利、方便。据说，“兼职”出租车是从苏联时期延续下来的，国家放弃了这部分税收，让利于民，方便百姓。

乘客打车时，站在路边把手伸出去，便会有车靠拢过来，说明要去的地址，司机报价，乘客同意，关门便走。如果不同意，放走这辆，下一辆早就排在后面等着，讨价还价，直到谈妥为止。有的司机不报价，任乘客随便给，给多给少无所谓，但是遇到这种情况，乘客凭良心，往往付的钱也不少。据说10多年前，有时还能打上警车呢，乘客多给钱，可以闪警灯，再多加钱，还可以响警笛。

乘坐这种“兼职”出租车，完全不必为堵车和司机故意绕路而担忧，因为价钱早已谈好，不会像国内出租车那样，有里程表在计算时间和路程，路程长或受阻超过一定的时间，自动向上多加钱。坐上这样的出租车，乘客和司机之间的“话匣子”便打开了，大到国际、国家大事，中到城市的新闻、市场物价、市政交通，小至天气冷暖、风土人情，无话不说，无时不聊，司机们大都开通，怎么想就怎么说，从不遮掩。一部分司机爱指点江山、针砭时弊，借机在外国人面前宣泄自己心中的不满，引起同情。但大多数司机具有很强的爱国心，喜欢听外国人讲俄罗斯的好话，每当听到乘客赞美俄罗斯之词时，司机的脸上一定会流露出美美的自豪的神情，最后，临下车时，他们还总是“代表国家”，礼貌地谢谢你。当他们知道我是中国人时，往往对于中国的事情很有兴趣，但是也有的司机知之甚少，特别是对近些年来中国的发展变化，他们想象不出来。于是，各种令人发笑的问题均会冒出来，诸如“农村妇女还裹小脚吗？”“中国现在买东西还用票证吗？”“私人有小汽车吗？”“中国发行股票吗？”……甚至有的时候，到目的地了一个话题还没聊完，司机干脆把车停在路边，聊完再告辞，各走各的。呵呵，对此特色我反倒觉得挺有意思，因为，从一定意义上来看，在俄罗斯乘坐出租车也是进行社会民意调查的有效途径之一呢。

但是，近年我到俄罗斯出差，在“打出租车”方面有两个新的发现。一是有些“兼职”出租车是某些失业的人员干的“专职”工作，他们在未找到新的工作之前，开开出租，挣点钱，也不失为养家糊口的权宜之计。二是打“兼职”出租车越来越难了，因为随着俄罗斯经济的复苏和发展，人们的生活水平提高，开进口车或新车的人越来越多，开这些车的人，大都有一份体面像样的工作，时间紧，收入较高，不再在乎“业余”出租车挣的那几个“小钱”，不再乐意在这方面耽误工夫了。所以，要拦住进口车当出租车已经比较难了，只能拦“拉达”和“伏尔加”这些俄罗斯自产的车了，而开这类车的人，经济状况大都不太富裕。

在俄罗斯，车牌牌照的号码以“9”或“7”为吉祥数字，不像我们国内以“8”或“6”为吉祥数字。莫斯科是首都，占有得天独厚的天时地利，所以其中有“77”或“99”数字的车牌较多。他们讨厌的数字是“13”，这可能与宗教信仰有关。为了图吉利，获取一个吉祥数字的牌照，有时也要花“大价钱”去购买的。

记得上世纪90年代初，莫斯科社会秩序混乱，外交官丢车的事司空见惯，丢的车很少能找回来。有3个国家使馆的车丢得特别多，这3个使馆是德国、美国和中国驻俄使馆。记得在1994年，我们使馆一年就丢了12辆车，一辆也没能找回来。后来，莫斯科一家报纸透露了这3个使馆车丢得多的原因，偷德国人的车是为了报仇、解恨；偷美国人的车，是因为美国人钱多，丢辆车不在乎；偷中国人的车，是因为都是公车，丢了不心疼。据说偷车贼使用高科技手段，任你怎样加锁、加保险进行防范，还是“防不胜防”，他们只要向车的钥匙眼里插进一个金属硬片，并注入一种胶状的液体，这种液体很快与钥匙眼里的锁芯咬合在一起，并在10秒钟后和金属片凝固在一起，于是一把新的车钥匙就加工成了，偷车贼用这把新钥匙打开车门，再用这把钥匙打着火，车就被偷走了，据说，完成一件盗车案，前后用不了两分钟。车被偷走后，开到附近的窝点，重新喷漆，改换颜色，再换上新牌照，面目一新的车就是停在你面前也认不出来了。近些年来，在俄罗斯丢车的事很少见了，主要原因是经济形势和社会治安的好转，当然，对偷车贼的法律制裁力度大大增强了，也是一个重要的原因。据说，以前偷一辆车，抓住了最多只判7个月的刑，现在最少判7个月，最多能判7年。

开车到莫斯科郊区的公路上，经常可以发现路边的树上或电线杆上，捆扎着一束束美丽的鲜花，这又是干什么用的呢？经过打听，原来这些地方曾经发生过严重的车祸，这些鲜花是死者的亲人用来祭奠亡灵的。

俄罗斯人大多性格直爽、脾气暴躁，所以开起车来，车速快，缺乏耐心，因此车祸较多，剐蹭事故更是屡见不鲜。在莫斯科市里，开车跑上十几公里，几乎总能见到一两起事故。出了车祸，一般要等交警来处理，还要叫保险公司来取证，时间拖得很长，所以这也是人为地造成堵车的原因之一。同样，出了事故有时也能“私了”，不必找警察。有一次，我送朋友乘出租车去机场赶航班，跑在莫斯科大环的高速路上，由于车速快，司机采取措施不当，追尾撞到前面一辆宝马车的后保险杠上，所幸不是太重，只留下了一道浅浅的痕迹，而出租车的左前灯破碎了。明眼人一看，责任在出租车司机。怎么办？赶航班时间要紧，我决定“越俎代庖”，替司机去“私了”，随即下车与前面宝马车的司机商量，说明我们时间紧，要求“私了”。这位司机拿起手机拨通了单位律师的电话，说明情况，对方答复，可以“私了”，开价200美元，我二话没说，自掏腰包，给了宝马司机，“私了”解决，各走各的。在莫斯科的车行修车，进口好车，只要打开车的前盖检查，就得付200美元的检查费，这次从发生事故到处理完，前后不到10分钟，价格还这么“便宜”，到了机场，非但没误飞机，出租车司机的50美元车费也没要，还一个劲地感谢我，非要和我交朋友。真是花小钱，拣了个“大便宜”！

但是，有的时候也不是这么顺利的。有一次我下班回家，快到家时向慢车道并线，由于后面的一辆面包出租车速度过快，采取措施不及时，加上我并线有点急，发生了追尾，面包出租车的右前灯破碎，而我的车的后保险杠也有一道划痕。事故发生后，我主动下车找出租车司机商量，主动承担我应该承担的责任，答应给他100美元“私了”，没想到出租车司机见我“软”，好说话，就是不同意，非要我承担全部责任，赔偿破碎的右前灯，要给他400美元，我好说歹说，他就是不同意。没办法，见他如此难缠，我只能报警了，等待警察来处理，就这样，足足等了两个小时警察才过来，警察查看现场、问明原因后，作出如下判决：双方都有责任，但面包出租车负主要责任，各自修各自的车。看来，这个警察还挺主持公道的！我谢过警察，向沮丧的面包出租车司机说声对不起，便开车回家了。

（此文写于2013年）

惊叹莫斯科地铁

莫斯科的地铁始建于1932年，素以快捷、安全、准时、方便、美轮美奂著称，全长243.6公里，设155个站，其中49个换乘站，每天开出9000次列车，平均2分钟左右一列，上下班高峰时不到1分钟一列。莫斯科地铁的载客量世界第一，担负着莫斯科市一半以上的客运任务。每昼夜运送乘客1300万人次，最高日运量达1600万人次。年均客运量为30多亿人次，是世界上地铁最长的两个城市伦敦的4倍、纽约的3倍，稳居客运量第一。

▲ 莫斯科地铁阿尔巴特街站造型奇特。

走进莫斯科地铁，就如同进入一座文明的殿堂，在这里不仅有令人叹为观止的最华贵、最宏伟、风格各异、美不胜收的155个车站，还有着令人肃然起敬的一个个人文风景线。人们排队购票，井然有序地自动剪票；自动靠右站在扶手滚梯上，把左边让出来给急着前行的旁人快速通行；列车进站先下后上，在车厢里老弱妇孺乘坐席，年轻人大都站立；列车开动，或立或坐的人们都会不约而同地认真读书看报，悄然无声，一节节车厢犹如一间间阅览室。更加令人叹服的是在早晚客流高峰期间，49个换乘站出现的奇观：地下一个个换乘站的扶手滚梯前，蜂拥而至的乘客，如同食品厂等候在生产线前等待传送的一堆堆瓶子，有时几十人、上百人，挤在一个狭小的地段，没有队形，没有拥挤，没有抢行，默默无声，秩序井然地向前挪步，到了跟前，被转动不停的扶手滚梯运走。置身其中，我有时遐想，假如有几个不文明的人在人群里前拥后挤，不仅造成秩序混乱，乘梯的速度会减慢，甚至会挤出人命来，那结果会是多么的可怕啊！可事实证明，这种担心完全是多余的，实际上是这种无人指挥而秩序井然的人流运动，是靠一支无形而巨大的“文明指挥棒”，指挥调动着人们的行动。

▲ 莫斯科地铁革命广场站内的雕塑栩栩如生。

因此，在俄罗斯流行这么一种说法，即“到了莫斯科不坐地铁，等于没到莫斯科”。人们之所以这么说，是因为莫斯科地铁，对于来自异国他乡的游客，不仅是快捷舒适的交通工具，还是给人超值享受的艺术宫殿，同时也是陶冶人的文明情操的课堂。

▲ 我在莫斯科地铁的站台上留影。

（原载《旅游纵览》2008 年第 10 期）

隆冬时节探访俄罗斯朋友的森林别墅

2007年12月5日，随旅游团到达俄罗斯圣彼得堡市的当天，我的好朋友科利亚和他的夫人伊琳娜，特意从200多公里外的俄芬边境城市维堡驱车赶来看我，并盛情邀请我，第二天到他们的林中别墅去做客，体验一下他们冬季别墅的生活。

在驻俄使馆工作的12年中，我多次应邀到俄罗斯朋友的乡间别墅去做客，每次都给我留下了美好的印象，但那都是在春暖花开的季节，而在白雪皑皑的隆冬时节去野外，特别是到森林中的别墅去做客，我还从未经历过呢，带着新鲜好奇的心理，我愉快地接受了邀请。

经团长批准，第二天早上9点多钟，天刚蒙蒙亮（圣彼得堡纬度高，冬季天亮得晚），我坐上科利亚亲自驾驶的沃尔沃吉普车，前往维堡。汽车风驰电掣般地穿行在林中公路上，科利亚和伊琳娜二人交替着向我述说去年夏季和冬季，他们夫妇在中国的北戴河和三亚旅游度假的见闻和感想，同时，车载音响里还轻声播放着他们带回来的中国音乐CD。一路上，车窗外是冰天雪地、寒气逼人；车窗内则温暖如春、情谊盎然。我们友谊的话语、欢乐的笑声伴随着优美的《请到天涯海角来》、《太湖美》等纯中国风格的旋律流淌到车外，播撒了一路……

11点半，吉普车驶入维堡市，主人安排我在市中心的一座圆塔形饭店里吃午饭。远远看去，这座圆塔很敦实，全是用石块砌成的，共有5层。主人介绍说，这是瑞典人在1550年建造的，当时是瑞典与俄罗斯打仗时的前线军事指挥部所在地，到现在已有450多年的历史，在俄罗斯称得上是历史古迹了。现在，维堡市旅游局将其买下来，经过加固和装修充当旅游景点和饭店。这里的饭菜全是瑞典风味，有名的菜品有猪排、牛里脊排、苹果烤鹅肉、奶油烤鱼、黄油鸡卷、杂拌汤、薄煎饼、奶油可可冻……

吃过午饭，我们继续驱车赶往距维堡市 40 多公里的科利亚的森林别墅。大约开了半个多小时，车子离开柏油干道钻进白茫茫的森林，林中小路被冰雪覆盖了，吉普车行驶在上面就像小船在水面上漂行，晃晃悠悠不敢开快，6 公里的路竟然跑了近 20 分钟。开着开着，突然前面展现出一片明亮的开阔地，大约 1 平方公里，中间是一个结了冰的小湖，围着湖盖了一圈木头房，科利亚的别墅就位于其中。据介绍，俄罗斯人到乡间建别墅，兴起于苏联时期的20世纪四五十年代。当时，国家在郊外选择一些环境好、适合人们居住的地方，由公家花钱负责修好路，通上电，打了井，铺设好上下水管道，剩下的房子由各家自己设计建设。由于当时人们的生活水平相差无几，所以修建的别墅水平也大体相当，也就是用木条围起一个院子，再建一栋小木屋，这就是苏式别墅。苏联解体后，人们的贫富差距拉大，反映在乡村别墅的建设上，就像老百姓总结的那样，“穷人建别墅，富人修宫殿”。

吉普车绕湖跑了半圈开到科利亚别墅跟前，这是一个背靠森林、面向湖泊、长 100 米宽 50 米的大院子，院子中央矗立着一座两层木楼，院子的西北角用松树圆木搭建了一栋桑拿浴房，院子周围是菜地和果树。表面看起来，科利亚别墅的规模给我的印象，既不像穷人的“别墅”，也不像富人的“宫殿”，因为科利亚是开日杂商店的老板，所以别墅的水平属于中等偏上。吉普车开进院子，科利亚的儿子和一只“喵喵”叫着的可爱的小花猫，热情迎接我们的到来。

▲ 站在别墅的院子里，周围一片冰天雪地。

根据主人的安排，我们先到木楼

的门厅里换好了毡袜，穿上齐到膝盖的毡靴，先踏雪在院子里参观。

在桑拿浴房前面，有一个积满冰雪的露天游泳池，主人介绍说，夏天野鸭子经常来此嬉戏，时不时还把野鸭蛋产在游泳池里。离游泳池不远，竖立着一座墓碑，下面掩埋着主人一家的一只爱犬，墓碑上端镶嵌着这只爱犬的照片，下面是它的名字——莱伊契尔，最下面是犬的生卒年月日。没等我问起，主人便带着伤感的语气，向我述说墓碑的来历和莱伊契尔的身世。莱伊契尔是一只通人性、爱憎分明、勤快机敏、十分英俊的德国犬，它刚生下来不久，就被朋友当做一件珍贵的礼物送给他们家。主人一家像疼爱孩子一样疼爱它，抚育其健康成长。很快，莱伊契尔便成了主人家当之无愧的“成员”，它的主要任务是跟随主人外出打猎和看家护院，这两项任务完成得都很精彩，立下过汗马功劳，不幸的是 7 年前的一天，它因车祸受重伤，抢救无效死亡。全家人为失去这只爱犬伤感不已，吃饭不香，睡觉不宁，最后全家一致决定，将莱伊契尔葬在别墅的院子里，竖立墓碑，以示永久纪念，永远和主人一家在一起。

▲ 主人为爱犬树立了墓碑。

在院子的东南方，有一个一间房大小的高台，我们踏雪走到跟前，主人拨开积雪，掏出钥匙，打开那扇一半在地上一半在地下的铁门。进去后，紧接着是一扇结结实实的木门，打开木门走下台阶，来到一间大约有15平方米的储物地窖。随着木门的开启，地窖的电灯自动亮了，只见中间是一条走道，两边是顶着屋顶的两排木架子，左边放满各色各样、大小不等的瓶瓶罐罐，里面满满装着自酿的露酒、果酱和腌制的黄瓜、蘑菇、西红柿……右边架子上放的是冬储的蔬菜，有圆白菜、土豆、紫菜头、洋葱头等。主人介绍说，今年自己院子地里的土豆收成不好，架子上存放的土豆是特意从芬兰买来的。我问主人，地窖的温度和空气都挺适宜，是怎样控制的？他指着两个墙角处从上边通下来的喇叭形管道说，通气和调温的“功劳”要归于它们。

参观完院子，进入两层木楼。一进门，迎面走廊的墙上挂着一张大熊皮和一支猎枪，这表明主人喜欢打猎。进到宽敞明亮的客厅后，女主人伊琳娜从旁边的文体活动室出来欢迎我，原来她正在音乐伴奏下学习24式简化太极拳，并请我给她纠正动作。我问她跟谁学的太极拳？她说是看着光盘自学的。男主人替我解围，答应等我参观完各个房间后，再来帮她辅导太极拳。

在一楼，我们参观了餐厅和厨房，灶上燃烧的蓝火苗引起我的兴趣，主人解释说，烧的是罐装的天然气，罐就安放在隔壁的车库里，由一根尼龙管引进来的。接着，又看了盥洗室和卫生间，虽然是木头造的房子，但这里上下左右全是清一色的蓝色瓷砖、蓝色卫生洁具，给人一种进入四五星级宾馆的卫生间，丝毫没有在荒郊野外的感觉。当我们进了储藏室，我发现有两样很特别的东西，第一件是从地面整整齐齐一直码到房顶的劈柴拌子，占了足有少半间屋子。主人指着劈柴垛主动对我解释说，这些劈柴是用来烧壁炉取暖和烧桑拿房蒸洗用的，是由那些森林里自然枯亡、被风刮倒的老树，锯断后劈成的。看着这些齐刷刷等待燃烧的上等木材，我心里不自觉地生出了痛惜的感觉，但理智告诉我，这是在森林资源极为丰富的俄罗斯，据说俄罗斯的木材储藏量为700亿立方米，我国只有6亿立方米，而他们的人口只有我们的十分之一，所以俄罗斯人有资本，可以用木材做燃料。第二件东西是一排排挂在铁丝上干透但还泛着绿色的白桦树枝叶，我知道这是洗桑拿时用来拍打身体用的。

二楼的房间除主人和客人的卧室外，最吸引人的是图书阅览室，这里有各种文字的图书3000多册，其中还有用俄文写的《孔夫子》，以及介绍中国太极功夫、茶道、中医和饮食的俄文书，从书架上摆放的几本俄汉词典可以看出，主人一家在学习汉语。听说主人的小女儿正在芬兰的一所大学里学习汉语。

▲ 木制的房间里温暖如春。

参观结束，回到楼下的文体活动室，女主人还在一招一式地打着太极拳，见我进来，她边擦汗边提出一连串的问题。幸亏我打太极拳有些年头，有点体会，否则难以应付“洋学生”提出的问题。针对她的问题，我一边演示，一边毫不保留地谈了自己的看法和体会。听后，她面带笑容满意地不停地点头。女主人表示，要去准备一顿丰盛的晚餐表示感谢。我和男主人来到客厅，边喝茶边聊天边欣赏他们在中国拍摄的照片。当谈到不同民族的文明习惯差异时，科利亚表情友善地向我跟前靠了靠，小声地对我说：“咱们是知心朋友，我觉得有些话不说，对不起朋友。”我说：“朋友贵在知心，有什么话就直说吧！”科利亚讲道，他有一个在旅游公司开旅游大巴的亲戚，对他说起过，中国游客和日本游客在旅游车上的3种不同表现：一是打喷嚏，日本游客用手帕捂住，声音压得很低；中国游客毫无遮拦地“大鸣大放”，声音大得吓人；二是旅游车上有垃圾筒，日本游客把果皮果壳和废纸统统放到垃圾筒里，而中国游客却不放进垃圾筒，丢得满地都是；三是日本游客讲话，音量放得很小很小，车厢里很安静；中国游客说话，嗓门高、音量大，吵得四邻不安。讲完上述3个例子，科利亚问我，同是东方亚洲的国家，都受儒家思想影响，为什么文明习惯差距这么大？我回答，与教育有关。我介绍说，现在中国政府已关注这个问题，制定了旅游文明公约，正在进行教育，我相信中国的某些游客不够文明的表现会消失的、会成为历史的。

晚饭做好后，女主人热情地邀请我们来到豪华的餐厅，餐桌上摆满了各种蔬菜、水果、鱼肉沙拉和自酿的果酒，有草莓酒、樱桃酒、红葡萄酒。这些酒刚从储藏室里取出来的，我十分喜欢喝甘甜香醇的樱桃酒，但主人提醒我这种酒有后劲，要悠着点喝。推杯换盏后，上了第二道菜：每人一盘罗松汤（俄罗斯人是用深盘子盛汤的），那细细的紫菜头丝，透着鲜红的诱人的颜色。在俄罗斯，从一定意义上讲，衡量一名女性做饭的水平高低，就看其罗松汤做得如何。我向女主人打听加热后紫菜头不变颜色的秘诀，她却卖了个关子，说等明年去中国，到我家亲自做给我看，再告诉我秘诀在哪里。第三道菜是又香又嫩的黄油煎蘑菇，第四道菜是烤野鸭，吃到此，我已撑得很饱，最后上的甜点怎么也吃不下去了。

吃过晚饭，稍事休息，主人邀我洗桑拿浴，为了消化满肚子的“佳肴”，我便欣然答应了。穿戴好衣帽，踏雪来到桑拿房。科利亚的儿子早已把蒸房烧得滚烫，一进去热气扑面而来，温度高得让人无法坐下，鼻子和耳朵疼得像针扎似的，不一会儿便汗流浃背了。不仅如此，科利亚还用带进来的白桦树叶蘸上水朝背上拍打，煽起的阵阵热浪更加撩人，让人难耐得透不过气来！看着“火候”到了，主人提出到雪地里打滚。这是多么刺激、多么具有诱惑力的建议呀！我们每人只穿一条短裤，赤身来到零下五六度严寒的雪地里，只见主人猫腰从地上抓起两把雪紧往身上擦，然后趴到厚厚的雪地上打滚，霎时间，他浑身沾满了雪，变成一个雪人！我也学着主人的样子做，当身体挨到雪时，出乎我的预料，居然不是冰凉刺骨，而是火辣辣的有点烫的感觉！我们在雪地里折腾了两三分钟后，赶紧跑回桑拿室，五六分钟后，浑身大汗的我们，又跑到雪地里打滚。就这样，3个来回后，我们感到有点乏了，便来到蒸房隔壁的休息室休息，休息室的桌上已摆满了啤酒、饮料、矿泉水、香肠及各种水果。大家赶紧补充刚才失掉的水分和养料。10分钟后，科利亚父子俩又到蒸房和雪地里折腾了两个来回，而我没敢再去。

“惊心动魄”的50分钟很快过去了，当我冲洗干净换上衣服，走出桑拿房，呼吸到湿润清新的空气时，顿时感到浑身上下有一种无法言状的轻松！此时，我想起一句话，“一方水土，养一方人”，不是吗？生活在接近北极圈的俄罗斯人，身处冰天雪地的恶劣环境里，他们自有适应大自然的独特生活方式，自有其养生健身的好办法和非同一般的情趣嗜好！我这半天的所见所闻和亲身经历，足以印证这一点了。

晚上10点刚过，我躺在松软的鸭绒被里，听着壁炉里劈柴燃烧发出的劈啪声，闻着松脂散发出的清香味儿，不知不觉地安然沉入梦乡……

（原载《旅游纵览》2008年第2期）

追踪列宁的足迹

在中国，有些五六十岁以上的人有苏联“情结”。在莫斯科、圣彼得堡等城市，有许多令人魂牵梦绕、十分向往的地方，如今，这些曾经“辉煌”、“神圣”的地方，经苏联解体的历史变迁，已经变得“冷清”和“萧条”了，但毕竟保留了下来。我有几次机会，追踪列宁的足迹参观拜谒了这些地方。

参观帕朵尔斯克列宁办《火星报》旧址博物馆

在莫斯科，顺着华沙大街往南驱车30公里，便来到莫斯科州最大的城市——帕朵尔斯克。1900年1月，列宁从西伯利亚流放归来，回到父母身边，当时，列宁的父母和列宁的兄弟姐妹们，就住在帕朵尔斯克，他家的房子，现在已经辟为列宁旧居博物馆。

我们是一个偶然的机会发现这个地方的。有一年秋天，我们到俄罗斯奥林匹克体育训练基地度假，返回莫斯科路过帕朵尔斯克，在市中心的街边，发现有一个路标，上面写着“列宁博物馆请向前走”。出于好奇和对列宁的尊敬，我们顺着箭头指引的方向，来到一处绿树掩映的庭院，栅栏门锁着，旁边矗立着一块褪了色的棕色牌子，上面工整地写着“列宁故居博物馆”几个俄文字。经过打听，我们找到一位名叫柳莛米拉的博物馆女负责人。她开了门，热情地接待了我们这些“不速之客”，并亲自给我们讲解了一个多小时。其中有两件事我印象很深：一是列宁的父母“重女轻男”，分配列宁的姐姐和妹妹每人住一间屋，而列宁的哥哥、弟弟和列宁3个人住一间屋，而且还是最上面的一间阁楼，列宁和弟弟还睡上下铺的双人床；二是列宁在这间阁楼里会见地下革命者，讨论和争论问题，撰写文章，出版印刷《火星报》。

参观拉兹里夫湖畔列宁写《国家与革命》的茅草小屋

1917年8月，为了躲避反动势力的追捕，列宁化装成割草工人，来到彼得堡西北部50公里处的拉兹里夫湖畔，化名伊万诺夫，以割草、盖茅棚为掩护，从事写作和指导革命工作，其著名的《国家与革命》就是在这里写成的。

每天清晨，列宁从木屋里出来，躲到大草垛后面，坐在一截矮树桩上，聚精会神地开始写作，身旁火堆的支架上挂着一个黑铁壶在烧水。当地的孩子们都喜欢这个叫伊万诺夫的叔叔，经常围坐在草垛下，让他讲列宁带领工人与反动派作斗争的故事。每当此时，列宁就抓住机会向孩子们讲述自己从事革命活动的故事，向他们纯真幼小的心灵灌输革命真理。为了感谢这位“伊万诺夫叔叔”，孩子们从拉兹里夫湖里钓到大青鱼，就跑到列宁的茅棚旁说：用你的铁锅给你熬鱼汤喝吧！列宁想了想答道：等一等，今天我还有一块面包和荞麦饼，明天中午就没有吃的东西了，还是把鱼留到明天吃吧。说完，谢过孩子，起身就把这份“礼物”挂到了树枝上。

▲ 在拉兹里夫纪念碑前留影。

这个小故事，是我年轻的时候，不止一次地从俄文书里读到过的，至今还深深地印在我的脑海里，因此，心底里有一个声音，在不断地鼓动着我：去实地看看，有机会一定到拉兹里夫亲眼看看！

2003 年 7 月的一天，在圣彼得堡的一位俄罗斯朋友的帮助下，我的愿望终于实现了。驱车从通往芬兰的主干道上转向拉兹里夫湖畔，先要穿过拉兹里夫镇。俄罗斯著名的现实主义画家列宾，曾在这个镇上居住过，他的故居已辟为博物馆，来此参观的人络绎不绝。我看到，相比之下，到列宁隐居的博物馆参观的人却几乎没有了。汽车沿着通向博物馆的柏油路行驶，杂草从道路的缝隙里钻出来，博物馆附近空旷的公交车终点站，站牌的油漆已经剥落，候车亭的扶栏也已散落，从城里通往这里的公交车早已取消，只有宽阔平坦的停车场和宽大的公共厕所还可以显示出，当年这里也曾经有过观众熙熙攘攘的辉煌盛况。从这里再走 100 米的森林小路，就到达建在林中空场上的一个用石头和水泥搭建的小“茅草棚”，背后耸立着一块石碑，上面刻着“1918 年 8 月 В.И 列宁同志曾在此生活、工作过”。距离那儿 30 米的空场边缘，就是一座砖木结构的博物馆，里面陈列着列宁当年在此穿过的衣服、做饭用的锅、烧水的壶、吃饭用的盘子和刀叉、写作时坐过的树桩、在拉兹里夫湖里为躲避反动军警追捕划过的船。还有一个复原了的茅草棚，旁边墙上挂着一幅列宁坐在树桩上，埋头写作的大照片，茅草棚的样子和照片上的一模一样。周围的墙上挂着照片和说明。展柜里陈列着《国家与革命》的手稿和写作用过的笔、纸、地图，以及马克思的著作。看守这座博物馆的是一名退休的画家、俄罗斯共产党员。看守这座凄凉的博物馆也是件不容易的事，因为早已停水、停电，没有暖气，没有报酬，完全是义务的。当我们了解了这些情况后，对这位满脸胡须、有着一双刚毅有神的大眼睛的俄罗斯老人，油然产生一种敬意，离开前，将身上带着的 3000 卢布塞到老人手里，激动地说了一句话：Учусь у Вас（向您学习）！然后便迅速扭头离去。

▲在拉兹里夫纪念馆复原的列宁栖身的茅草棚旁留影。

参观斯摩尔尼宫列宁指挥起义的办公室、电话和发表讲演的礼堂

有一次，我陪中国海关代表团访问位于圣彼得堡的西北海关局，主人考虑到代表团的政治背景和信仰，特意安排中国海关同行参观了作为 1917 年 11 月 6 日晚，指挥工人武装起义的大本营——斯摩尔尼宫（现市政府所在地）。

上午 9 点钟，我们的车准时到达斯摩尔尼宫门口，一位名叫娜塔莎的漂亮姑娘早已等候在门口，她首先热情地欢迎客人来参观，随后带领大家来到 3 楼最右边的一间办公室门前，告诉大家，这就是当年列宁的办公室。在武装起义那些最紧张的日子里，工人赤卫队队员自发地轮流在门口为列宁站岗，保卫列宁的安全。办公室里陈列着列宁的办公桌，桌上摆放着列宁使用过的电话机、钢笔、放大镜和其他文具，墙上挂着世界地图。娜塔莎讲了列宁指挥武装起义的过程，并破例允许我们每个人坐在列宁坐过的椅子上，手拿电话筒照相。之后，她带领我们来到二楼的一个礼堂。娜塔

莎介绍说，1917 年 11 月 7 日凌晨，列宁在这个礼堂里宣布武装起义成功了，十月社会主义革命胜利了，一切权利归苏维埃。代表团还聆听了列宁讲话的录音。接着，她又带领我们参观了列宁简朴的起居室，在这里，列宁工作生活了 124 天，直至搬迁到莫斯科为止。此外，娜塔莎还顺路带领我们参观了基洛夫被害的办公室。

▲ 参观斯摩尔尼宫时，用列宁使用过的电话机“佯装”打电话。

参观冬宫和阿芙乐尔号巡洋舰博物馆

我已经记不清自己参观过多少次阿芙乐尔号巡洋舰博物馆了。

1948 年 11 月，苏联政府决定，将这艘巡洋舰作为十月革命纪念物永久固定在涅瓦河上，开辟为海军博物馆分馆，由海军战士把守，免费供国内外旅游者参观。

中国人喜欢参观阿芙乐尔号巡洋舰，是源于毛主席的一句话：“十月革命一声炮响，给我们送来了马克思列宁主义。”而这声炮是怎样打响的呢？

1917 年 11 月 7 日，列宁领导彼得格勒的工人赤卫队和士兵举行武装起义，刚从修理厂维修回来、停泊在涅瓦河上的阿芙乐尔号巡洋舰受命向冬宫开了一个空炮，发出了攻打冬宫的信号。当天，列宁用舰载电台拍发了《告俄国公民书》。

▲ 在阿芙乐尔号巡洋舰的驾驶舱里操练驾驶舵。

十月革命以前，冬宫是克伦斯基反动政府总部的所在地。1917 年 11 月 7 日，在阿芙乐尔号攻击冬宫的炮声响起以后，根据革命军事委员会的命令，由革命的工人、士兵和水兵组成的武装起义队伍向冬宫发起冲锋。起义队伍与克伦斯基政府的守卫部队（士官生和突击营）经过一阵交火，进入冬宫广场，然后冲进冬宫二楼，逮捕了克伦斯基政府的部长们，从而宣告克伦斯基政府的倒台和武装起义在当时俄罗斯首都彼得格勒的胜利。冬宫二楼的 189 展室（孔雀石厅），是克伦斯基政府召开最后一次会议的地方；188 展室（孔雀石厅隔壁的餐厅），就是克伦斯基政府的部长们被起义队伍逮捕的场所。

（此文写于 2013 年）

参观卓娅博物馆

20世纪50年代初，我上小学时，老师推荐我们读一本书，书名叫《卓娅和舒拉的故事》，作者是一位苏联的老妈妈，名叫科斯缅洁米杨斯卡娅。不久，我们在广播里听说这位老妈妈来中国访问，并给中国少年儿童作报告，讲她的两个英雄儿女的故事。从那时起，在我童年的心灵里就深深地记住了苏联英雄卓娅的故事。在苏联卫国战争时期，当时只有18岁的卓娅，为了抗击德国入侵者，报名参加游击队。在一次执行烧毁德军马厩任务时，不幸被捕，她英勇不屈，受尽折磨也没有暴露秘密，回答敌人审问时，只说："我叫丹娘！"恼羞成怒的敌人杀害了这个年仅18岁的姑娘。在卫国战争进入大反攻时，战士们高呼着"为卓娅报仇"的口号，冲向敌人。后来卓娅被追授"苏联英雄"称号。

上世纪80年代末，在苏联的民主化浪潮中，有些人否定苏联历史，卓娅的英雄形象也不可避免地受到贬损和中伤，他们说卓娅存在心理障碍，进过精神病矫治所，她的英雄气质是精神疾患所致。更有人假借村民的嘴说，当初卓娅胆小不敢烧德军的马厩，就烧民房凑数，结果被村民逮着交给了德军，还说她的死令村民"人心大快"。

在莫斯科新圣母公墓东部，矗立着一尊卓娅受难的铜像，下面埋葬着她的尸骨，这是在卫国战争胜利后，为褒扬卓娅的英雄事迹，苏联政府将其遗骨迁葬在这里的。卓娅墓的斜对面是卓娅的母亲和弟弟的墓。每当国内来访的团组参观这座名人公墓时，我总要带他们来瞻仰这3座墓，但对卓娅的事迹不作过多的叙述。有一次，我陪一个代表团参观时，发现卓娅铜像上系了一条鲜艳的红领巾，基座上摆放了几束鲜花。这说明人们对卓娅仍然是崇拜的。

卓娅事迹的真实性到底是怎样的呢?

1996 年 6 月末的一个星期日早晨，我和夫人开车沿着明斯克公路向西驶去，在距莫斯科 86 公里处的一个岔路口，立着一座纪念碑，上面雕刻着卓娅的画像，下面的底座上镌刻着“卓娅，万古流芳的苏联女英雄，1923—1941”。下了公路行车不到 5 分钟，便到了卓娅的牺牲地——彼特里谢沃村，在村口建有一座卓娅博物馆。博物馆前面的停车场里，杂草从砖缝里冒出来，说明来这里参观的人已经不多了。碰巧的是，那天正好有十几个从莫斯科来的教师，他们请了一位 40 多岁的讲解员给他们进行讲解，我们也跟随他们走进博物馆。这是一座规模不大，以展示卓娅被捕、经受非人拷打和凌辱直到被杀害的经过为主要内容的博物馆，馆内陈列着照片和实物。距博物馆 150 米处有两栋民房，是卓娅接受审讯和受刑的地方，门口还立着对卓娅行刑的绞架。

从老讲解员的讲解内容和语气，可以听出，她是崇拜卓娅的，对有人中伤和贬损英雄形象她是反感的，她满怀深情地向我们讲述了一个真实的英雄事迹。她指着卓娅童年时的一张照片说，卓娅 1923 年 9 月 13 日出生在莫斯科南部的汤波夫州山杨小林村，父母都是教师。1938 年因苏联肃反扩大化，卓娅的父亲遭到迫害失踪。1930 年 5 月，卓娅随母亲迁到莫斯科，在这里她上了中学。在校期间，卓娅读到苏联国内战争时期女英雄丹娘的故事，这位女英雄的形象深深地印刻在她的脑海里，她下决心要向丹娘学习。还是在中学学习期间，卓娅得过脑炎，并已治愈，根本不存在什么心理障碍。一些人编造卓娅英雄气质是由“先天的精神疾患”所致，这种说法是别有用心的编造，是对英雄的亵渎!

紧接着，女讲解员实事求是地介绍了卓娅中学毕业后，恰逢卫国战争爆发，她参加工作的情况。以前流传着一种说法，认为卓娅是游击队员，其实不是，她参加的是苏联内务部莫斯科州下属的特工组织，当了一名特工。经过严格的训练，这批共有 7500 多人的特工队伍，通过前线渗透到敌人占领区，配合正面战场，进行破袭、侦察等任务。当讲到卓娅被捕的经过时，讲解员语调沉重地说，卓娅是被叛徒出卖的。事情的经过是这样

▲ 在新圣母公墓的卓娅墓碑前留影。

的：1941 年 10 月下旬，上级下达命令，要求活动在莫斯科州的特工组织烧毁德军军营，骚扰并歼灭敌人。10 月 22 日当晚，克拉依诺夫小组接到任务，到彼特里谢沃村烧毁德军的驻地和团部。这个小组只有 3 人，组长克拉依诺夫、组员克鲁勃科夫和卓娅。具体任务是卓娅负责烧毁村子南部德军的驻地，克鲁勃科夫负责村子北部德军的驻地，而组长克拉依诺夫负责烧毁德军 332 团的团部，约定任务完成后到树林里集合。卓娅顺利完成了任务，回到集合地点。而组长克拉依诺夫错把一堆作为联络飞机用的草垛当成德军团部点燃了。卓娅发现组长出现了问题，为了掩护组长继续完成任务，卓娅第二次返回村子北部烧毁德军马厩时被捕了。当时卓娅撒上汽油刚要点燃，两个德军士兵向她扑来，卓娅拔出手枪正要射击，被德军的枪托打飞了，卓娅被捕了。德军怎么知道卓娅在村子南部放火呢？原来负责村子北部放火的克鲁勃科夫来到执行任务的地点，抛出燃烧瓶，但并没有起火，这时几个德军士兵向他扑来，他拔腿就向树林跑去，但被迎面堵上来的两个德军士兵抓住，带到德国军官面前，德国军官用手枪顶住他的脑门，问他同伙还有谁？怕死的克鲁勃科夫就招供了，供出村子南部的卓娅，于是敌人来到村子南部将正在烧马厩的卓娅捉住了。卫国战争胜利后，苏联军事法庭依法将叛徒克鲁勃科夫判处了死刑。

当讲到卓娅被捕后遭受严刑拷打、凌辱时，讲解员把大家带到 150 米开外的两栋民宅的窗前，她指着其中的一栋说，就在这里，敌人拷问她，同伙是谁？她回答：不知道！卓娅被扒光了衣服，几个人面兽心的德军士兵将她轮奸了。后来卓娅被带到另一个德国军官住的民宅，德国军官亲自审问她，叫什么名字？你们的基地在哪里？领导叫什么？卓娅说自己叫丹娘，其他什么都不知道。恼羞成怒的德国军官用皮鞭抽打了她200多下，打得她皮开肉绽，后被带回原来的屋子，卓娅饥渴难耐，房主端来一碗水，却被德军士兵打翻，不让喝，敌人用煤油灯烤她的脸，折磨得累了，要睡觉了，却把赤脚穿着单薄衣服的卓娅押到零下10多度的冰天雪地的院子里罚站。

当讲到卓娅英勇就义的情节时，激动不已的讲解员提高了语调：第二天早晨，德寇再次审问，仍无结果，他们要把卓娅处死。让她穿上裤子和鞋，但卓娅身上能够御寒的衣物全被德军士兵私分了，敌人命令房东拿出自己的一双鞋给卓娅穿上，房东发现她冻得红肿的腿和脚根本穿不上裤子和鞋，费了好大劲才穿上。敌人在卓娅的胸前挂上一块牌子，上面写着：纵火犯。敌人在房前的广场上树立了绞刑架，还把全村村民驱赶来，观看卓娅行刑。面对死亡，卓娅推开两个架着她的士兵，从容地走向绞刑架。牺牲前，大义凛然的女英雄卓娅对着敌人高呼：我们不止我一个人，我们有两亿人，你们不能把我们都绞死，人民会给我报仇的！德国鬼子们，你们现在投降还不晚。最后胜利一定是属于我们的！接着，卓娅又向彼特里谢沃的村民们大声呼吁：你们大家要勇敢地起来进行斗争！痛打德国法西斯！烧死他们！毒死他们！我为人民而死是幸福的，死而无憾！永别了，同志们！起来斗争吧！不要害怕！消灭法西斯！

讲完卓娅英勇就义的情节后，讲解员带领听众来到村边的一个小树林里，在一个墓碑前停下来，接着讲道，为了恫吓村民们，德国法西斯把卓娅的遗体吊在绞刑架上，整整一个多月，不准收尸。新年之夜，一个醉汉把卓娅的一只乳房割掉、一只眼睛挖掉，尸体被分割得七零八落。当苏联红军大反攻开始前，为了掩盖罪行，德军332团团长留捷列尔中校下令，拆除绞刑架，并将脖子上仍留有一段绳索的卓娅遗体扔进我们眼前的坑内埋掉。后来卓娅被追认为苏联英雄，苏联政府决定把卓娅的遗体移葬到名人公墓——莫斯科新圣母公墓时，来这儿找到了卓娅的遗体。遗体移走后，在这儿立了一块碑，以示说明。为了讨回这笔血债，为了洗刷德国鬼子强加在卓娅和苏联人民身上的奇耻大辱，斯大林曾秘密下令，对德军332步兵团的人员一律不接受投降，一律处决。该团团长留捷列尔被苏联特工活捉后处决了。

最后，讲解员语气肯定地说，不管什么人出于否定苏联卫国战争光荣历史而编造的中伤和贬损卓娅英雄形象的言论，在铁的事实面前是站不住脚的，英雄故事在本质上仍是真实的，并将永远是俄罗斯民族的骄傲！讲解结束时，我们夫妇和教师听众发自肺腑地说道：谢谢！谢谢！同时，满怀深情地热烈鼓掌……

在返回莫斯科的路上，回味着讲解员对卓娅英雄事迹的动情陈述，我的脑海中浮现出了俄罗斯著名诗人普希金不朽诗篇《纪念碑》中的诗句：

我为自己建立了一座非人工的纪念碑，
在人们走向那儿的路径上，
青草不再生长，
它抬起那颗不肯屈服的头颅，
高耸在亚历山大的纪念石柱之上。
不，我不会完全死亡，
——我的灵魂在遗留下的诗歌当中，
将比我的骨灰活得更久长
和逃避了腐朽灭亡——
我将永远光荣不朽，
直到还只有一个诗人，
活在这月光下的世界上，
我的名声将传遍整个伟大的俄罗斯
……

（此文写于2013年）

凭吊长眠在新圣母公墓的名人

1992年10月，我刚到使馆工作时，使馆文化处的小于就向我推荐，一定要抽时间去看看距使馆不到两公里的新圣母公墓。他说这座公墓是欧洲三大著名公墓之一，占地7.5公顷，埋葬着2.6万个灵魂，有俄罗斯各个时期的政治人物、社会活动家、科学家、艺术家、作家、苏军将领和战斗英雄等著名人物，很值得一看，看后对于我们这些怀有俄罗斯情结的人，一定会受到震撼。

怀着期待的心情，在一个风和日丽的星期六的上午，我来到了新圣母公墓。按我们中国的习惯，墓地一般是灰暗素色的，但新圣母公墓却是绿色的门柱、红色的大门，色调鲜艳明快，体现了俄罗斯民族墓园文化和中华民族墓园文化的巨大差异。踏进墓园，给人一种整洁、静谧的感觉，仿佛怕惊扰了安眠在这里已进入另一个世界的灵魂。迎面而来的是形态各异的墓碑，据说，这几万个墓碑没有一个是相同的。我仿佛进入一座品味高雅的大型雕塑公园。每一个墓碑均是一件艺术品，精美的造型充分体现了墓碑主人辉煌人生的闪光点，看后不会让人感到忧伤，而是为墓碑主人找到了最好的归宿而感到宽慰。因为前日刚刚下过一场小雪，甬道两旁的落叶和白皑皑的雪花掺合在一起，看上去就像一条条黄白相间的挽带敬献给安息的英灵。工作人员正在忙碌着进行清扫，见我新奇地东看看西瞧瞧，一位50多岁的俄罗斯妇女主动走上前来问我，你是日本人还是中国人？我说我是中国人，是刚来莫斯科工作的中国外交官。听后，她的眼睛放射出友善而亲切的光芒，自我介绍说，她叫叶琳娜，是退休的教历史的中学教师，应聘在这儿当清洁工。说完，她从口袋里掏出一张纸，写上她的名字、家庭地址和电话递给我，并热情地表示，愿意当我的义务导游。我赶紧递上我的名片，对她的盛情表示感谢，并请她今天导游一次，给我介绍一下中国人熟悉的苏联人物的墓碑。叶琳娜满足了我的要求，设计了一条参观路线。在历时一个多小时的参观中，她滔滔不绝地向我介绍了文学家果戈理、契诃夫、法捷耶夫、马雅可夫斯基，英雄人物奥斯特洛夫斯基、卓娅和舒拉，政治人物斯大林的妻子阿丽鲁叶娃、米高扬、莫洛托夫、葛罗米科、赫鲁晓夫、王明，科学家伊柳申、图波列夫，艺术家尼库林、夏里雅宾、列维坦、斯坦尼斯拉夫斯基等数十位中国人熟悉的著名人物的简要生平和闪光的事迹。她的讲解，向我展现了一幅灿烂辉煌的俄罗斯历史画卷，句句流露出她对这些人物的崇敬，进而让人体会到她对俄罗斯民族深沉热爱的情愫，这可能和她是学历史的又教历史的身份有关系吧！告别了这位尊贵的女教师，我怀着兴奋满足之感回到使馆。

▲ 远看莫斯科新圣母公墓，掩映在绿树丛中。

从那以后，凡有国内来的团组和好友，我主动推荐他们去参观新圣母公墓，征得同意后，我事先打电话给叶琳娜，每次她都欣然答应，她进行讲解，我当翻译。当客人们获得巨大的精神满足后，表示付给报酬时，她都会一脸严肃地断然拒绝，并说，如果收了报酬是对她的侮辱，是对长眠在这里的圣洁灵魂的亵渎。为了还清欠下的人情债，每次我请她讲解前，在电话里总要费些口舌，推来推去，最后她不得不答应，只收一些不值钱的有中国特色的小礼品。因为我有这样一位新圣母公墓“专家级”的好朋友，使馆里许多同事的亲戚、同学、战友、同乡来了要参观新圣母公墓，均会求我帮忙，请叶琳娜讲解，她都欣然答应，一次次动情地讲解。之后，有代表团来访，由我承担接待任务时，我都要提前安排好路线，也学着叶琳娜的样子，深情地讲解参观点的内容。当然，轮到参观新圣母公墓时，依然是叶琳娜讲，我当翻译。有一次，一位代表团成员听完讲解，夸奖我翻译得流利，水平高。我忙解释说，同样内容翻译次数多了，自然而然熟能生巧。记得有一次接待一个高访团，国务院秘书局的一位同志拉了一下我的衣襟，悄声对我说，听说使馆有一位姓孟的同志，是一位“莫斯科通”，讲得好，他今天来了吗？我赶紧解释道：“莫斯科通”不敢当，讲得好更谈不上。他辩解道：这个评价是我们秘书局来过莫斯科的人一致公认的。听后，我不好意思地说：谢谢你们的夸奖！我就是孟宪起。对方突然高声喊出：这就是孟宪起！刹那间，整个车内齐刷刷地向我投来敬佩的目光。

▲ 我给高访团参观者讲解名人墓碑。

一个春天的某日，我照例翻译完叶琳娜的讲解，陪团正要离开新圣母公墓，叶琳娜拉住我悄声问，到中国旅游，什么季节好？费用要多少？我回答道，春天或者秋天最好，如果一周左右，大约需要两三千美元。听后她没有做声。在那之后不久，中国银行驻莫斯科代表处的负责人老杜同志来使馆办事，顺便和我谈起，让我帮忙物色一位可靠的、责任心强的、有点岁数的俄罗斯人，担任中国银行驻莫斯科代表处传达室的值班人员。我马上想到了叶琳娜，我将我了解的情况向他讲述了一遍。老杜让我征求一下她的意见，每月工资300美元，每天连续上12小时的班，隔一天上一次，如果同意，下周来谈一谈。我赶紧拨通了叶琳娜的电话，300美元的工资，而且每月只上半个月的班，这在当时可是千载难逢的“美差”啊！不久，叶琳娜打来电话，向我报喜，说她已经在银行上班了，而且新圣母公墓清洁工的工作还能继续干。第二年夏季的一天，叶琳娜给我打来电话，高兴地告诉我，到中国旅游的费用她已经攒足了，她打算到莫斯科乡间别墅为儿子种点菜，9月份到憧憬已久的中国去旅游，并托我为她预定一家旅行社，安排好10天的旅游日程。我当即联系了康辉旅行社莫斯科分社，为她做好安排，并通知她直接和康辉旅行社联系的方式。那年的9月初，我接到康辉旅行社的电话说，眼看叶琳娜到中国旅游的日子就要到了，她还没有和旅行社联系，不知何故？我拨通了叶琳娜家的电话，接电话的是叶琳娜的儿子，对方以沉痛的语调向我述说他妈妈遭遇的不幸。原来，叶琳娜在乡间别墅一个人种菜时被当地的一种毒蜂螫伤，呼天不应，呼地不灵，痛苦挣扎，趴在地上，难受地将双手深深地扣进泥土里，圆瞪双眼去世了。听后，我呆坐在椅子上，电话听筒掉落在半空……

从此，每当我踏进新圣母公墓之门，叶琳娜那友善热情的身影总会浮现在我的眼前，她热爱祖国、热爱自己民族的历史、崇敬英雄的情怀，热爱生活、勤劳无私的品格和对中国人民的友好情感，永远值得我学习，鼓舞着我做好外交工作……在我心灵深处，叶琳娜也是新圣母公墓中这几万个灵魂中的一个，我衷心祝福她在另一个世界里幸福快乐！

（此文写于2013年）

在莫斯科郊外的森林里度周末

当飞机穿过云层快要降落在莫斯科舍列梅企沃机场时，从舷窗向下望去，映入眼帘的，是环绕着莫斯科的密密匝匝绵延不断的森林和点缀其间的像镜子一样明亮的大小湖泊，这优美的景色带来的视觉冲击使我终生难忘。尤其使我终生难忘的是夏日的周末，莫斯科市民会带上孩子和狗，举家驾车“钻”入这无边无际的“绿海”之中，享受着大自然恩赐给人们的清新的空气、和煦的阳光……

▲ 在莫斯科郊外的森林空地上，我们沉浸在丰富的物质和精神享受中。

在驻莫斯科使馆履职的 12 年中，我已记不清有多少个夏日的周末是在莫斯科郊区的森林里度过的。世界上 200 多个国家的首都之中，唯有俄罗斯的首都莫斯科市内还保留着原始森林，每当夏日炎炎，人们酷热难耐之时，走进那一片片“绿色的海洋”，立刻会感到神清气爽，汗水也会很快被迎面而来的阵阵凉风吹干。走在四通八达的羊肠小道上，总会看到路边矗立着路标和供人歇息的木椅，有时还会碰上为迷路的或发生困难的人而服务的骑着高头大马穿行其间的骑警，这时，你自然会产生一种融入大自然的幸福感和安全感。当然，在莫斯科市内的原始森林里，除了有鸟儿们动人悦耳的歌声和花儿们婀娜多姿的身影，蚊虫的嗡鸣和叮咬也会给人们带来些许烦恼，但是，这些许的小烦恼又怎能阻挡得了人们亲近大自然的美好行动呢？

请看莫斯科那些茂密的原始森林所带给我们的无比快乐吧！

当周末来临，约上几个好友、同事或来访的团组，定好集合的时间、地点，第二天早上待洗漱完毕，开车到街旁的副食店买上几公斤腌制好的猪肉、羊肉、鸡肉，几瓶酸黄瓜，西红柿酱，面包，以及生菜、水果、啤酒、饮料、矿泉水……一切准备妥当，按时来到集合地点，待约好的人到齐，几辆车便沿着莫斯科放射状的公路，浩浩荡荡地驶向森林深处。快要抵达事先选定的“度假胜地”时，汽车驶离平坦的主干道，进入林间蜿蜒的土路，继续颠簸前行。不一会儿，车队在一个湖边的开阔地停了下来。朋友们按照事前的分工，有的从汽车后备箱拿出备好的铁锹、锯子和斧头，在下风口开始挖一条长的浅沟；有的到林子里找些干枯的树干，锯下一段，用斧头劈成“绊子”抱回来，在挖好的浅沟里点火以成炭火。与此同时，女同胞们用钢钎子把买来腌制好的各种肉块串好，等待上炭火烤制，然后铺开塑料布，组装好折叠桌椅，摆好主副食品、啤酒、饮料和简易餐具。负责在炭火上烤肉串的往往是男同胞，他们被烟火烤得满头大汗，冒着青烟的肉香飘向四方，惹得大家垂涎欲滴。十几分钟后，肉串烤好了，一顿丰盛的野餐开始了！朋友们在面包片上抹上西红柿酱，用生菜裹着烫手的肉块（每块足有1两多），就上酸黄瓜，大快朵颐，喝着啤酒，那个香美劲儿，真是难以言表。这时，往往在同一片林中的开阔地上，还会有好几处其他人的烧烤点，“邻居”会把烤好的美味佳肴相互赠送，做到“有福同享”。酒足饭饱后，再将带来的生土豆扔进浅沟中的炭火里去慢火煨烤。爱好钓鱼的朋友，会选好地点抛出诱饵静候鱼儿上钩；爱好下棋的朋友，在树荫下“拼杀”起来；懒觉没睡够的朋友干脆躺在塑料布上，用帽子盖住眼睛，晒着太阳补上一大觉；女同胞会哼着小曲蹦跳在草丛间，采撷一朵朵美丽的野花。还有的男同胞，则穿上泳衣滑进凉丝丝的湖水里，肆意摸捞起蛤蜊来。他们在齐腰深的湖水里，先用脚探寻，当碰触到贝壳类的硬物时，说明找到了蛤蜊群，只要猫下腰，用手把烧饼大小的黑褐色的蛤蜊连续不断地涮干净，再扔到岸上，不一会儿就能装满一塑料袋。之所以这么容易捉到蛤蜊，是因为当地的俄罗斯人是不吃蛤蜊的，并且蛤蜊天性喜欢在湖底成群排列在一起，只要找到一个，其他就是“取之不尽”的“猎物”了。我们中国人可是将蛤蜊视为美味佳肴的，朋友们兴高采烈地将这些“战利品”用塑料袋装回来，倒进浴缸里，再放满清水，让其把泥沙吐出来。然后，用开水一焯，大蛤蜊便乖乖地张开了嘴，露出灰白色的如四喜丸子大小的肉来，将其取出剁碎，包饺子、蒸包子、炒菜，真是鲜美无比啊！

晚上八九点钟，太阳还老高了（莫斯科的夏天，晚上10点多太阳才下山，12点天空还挺亮堂），朋友们用钓上来的鱼，烧上一锅鲜美的鱼汤，从炭火中刨出早已烤熟的土豆，就上剩余的面包、酸黄瓜，一顿清淡、绿色又美味的晚餐又就地解决了！然后该“打道回府”了。于是，朋友们七手八脚地收拾物品，将垃圾用塑料袋装好，扔到留有炭火的浅沟里，再用土掩埋好。收拾妥当，汽车发动，录音机里播放着《莫斯科郊外的晚上》优美的曲调，朋友们合着曲调，哼唱着穿过森林行驶在回家的路上，欢声笑语洒满林间……

（此文写于2013年）

附篇

触摸乌克兰文明

2003 年 8 月初，我到乌克兰的奥德萨出差，完成任务后，在由奥德萨途经基辅返回莫斯科的途中，经历了 4 件小事，亲身体验到乌克兰人出行的文明修养，感触良多。

叠 被

8 月 9 日，我搭乘的 665 次列车，是由奥德萨开往基辅的普通旅客列车，下榻的 5 号车厢是中等水平的卧铺车厢，4 个人一个包厢。同包厢除我之外，其余 3 个人都是比我年轻的乌克兰人，分别是商人、工人、教师。下午 5:50，列车开动后，大家相互认识，热聊了一阵，便从整齐码放在右上铺的被褥垛上，各自取下分属于自己使用的熨烫平整、干净的卧具（包括被褥、被套、床单、枕套和枕巾），铺好床后，开启床头小灯，有的看书，有的看报，伴随着车轮有节奏的碾压声，不知不觉地进入了梦乡。我一觉醒来，已是第二天早晨 5:30，离到达基辅还有 1 个小时。接着，那 3 位乌克兰旅伴也相继醒来，只见他们穿戴好后，不约而同地把被套和枕套拆下来，把被褥、被套、床单、枕巾平整好、叠好，再完好如初地放回右上铺，整整齐齐地码好。见此情景，在"入乡随俗"理念的指导下，我也"照葫芦画瓢"，学习他们的做法，把卧具叠放整理好，放回原处。此时，恰巧女列车员来分发卧铺票，我便用"邀功"的口吻对她说："瞧！我们把卧具全码放整齐，放回原处了！"说完，用期待的目光盯住她，等待她的感谢或表扬的话语。没想到，女列车员只是心安理得地说了声"好的"，一点谢意、一点褒奖我们的意思都没有。这是为什么？我一边纳着闷，一边去卫生间，路过其他包厢，顺便瞅了瞅，好像有人下过命令似的，有的卧具已工工整整地码在了右上铺，有的正在整理。回到包厢，我把见到和经历的这件“新鲜事”向同包厢的旅伴提了出来，年轻的教师给了我答案：“自觉整理卧具是一种尊重别人劳动，不给别人找麻烦，自觉维护公共场所的卫生和秩序的文明习惯，这一习惯早在苏联时期就已经形成，一直延续下来，成了一条约定俗成的规矩，大家都自觉地遵守着。”

▲ 矗立在基辅第聂伯河畔的“城市奠基者纪念碑”寓意深刻。

打 的

早上 7: 30，列车准时到达基辅车站，和前来迎接我的小刘顺利地接上了头。为节省时间，我提议先到西伯利亚航空公司驻基辅办事处办理第二天飞莫斯科的票务手续，然后再去旅馆。小刘同意后，我俩钻进一辆停在路边待客的出租车里，向司机说明要去的地方，没想到出租车司机并没有马上发动车，而是拿出一本基辅道路交通图，翻到其中一页指着对小刘说，你们要去的地方离此处不远，坐公交车只要 3 站便到了，如果坐出租车，因为是单行线还得绕着走，费钱费时。他建议我们乘坐公交车。正当我对这位出租车司机为送上门的钱不挣表示不理解时，司机态度坦然地说，他不挣这昧心钱。谢过这位“正直”的司机后，我们离开出租车，朝他指点的公交车站方向走去。可没走多远，那位好心的司机又追了上来，对我们表示歉意地说，先前他指点的方向错了，说完一直把我们送到公交车站，才挥手告别，然后再返回出租车上继续待客。见此情景，我被感动得连声赞叹，小刘却说，热心助人的文明行为，在当地是司空见惯的，他不止一次地在街上因为弄不清问的道路，而被热心的乌克兰人一直护送到目的地。

▲ 矗立在卫国战争纪念馆广场上的“祖国—母亲”雕像逼真感人。

买 票

在基辅办妥机票手续后，心里“一块石头落了地”。小刘带我搭乘一辆通往旅馆的公共汽车，上车后在车门附近找了两个空座坐下。随后，小刘掏出一张 20 格里夫纳（乌克兰的货币名称）的整钱，交给坐在前排的一位女士说，买两张票（每张票票价 1.5 格里夫纳），找回 17 格里夫纳。这位女士一边重复着小刘的话，一边将钱传给坐在她前面的一位姑娘，姑娘又往前传，就这样一共经过 5 个人，最后传到坐在司机后面第一排的一位中年男子手里，只见他麻利地把 20 格里夫纳放入摆在汽车发动机盖子上面的一个塑料盆里，从盆里找回 17 格里夫纳，依次再传回小刘手里。我留心观察了一下，坐在第一排的中年男子连续不断地接钱找钱，心安理得地充当“售票员”，到我们下车时，他接钱找钱共 5 次，而前面的司机只管开车，对“接钱找钱”的事，不闻不问，完全放心地让乘客自己办理，竟连头也不回一下。

游　行

在中国驻乌克兰使馆经济商务参赞处，高参赞对我讲，前不久，基辅市支持总统和总理的两派群众约有 30 万人自发地走上街头游行集会。群情激愤的两派群众，在市中心的中央广场搭起擂台，架上高音喇叭，互相“打起”嘴仗，但发言却是很文明地摆事实讲道理，没有侮辱人格的人身攻击，更没有谩骂和挖苦。更让人惊奇的是，这种自发的文明的游行集会秩序完全井然，竟没有打破一块玻璃、踏坏一片草地、折断一棵树枝！

以乌克兰的人口和地域，在欧洲，称得上是大国，而且是斯拉夫文明的发祥地之一，历史上经历了许多坎坎坷坷，但讲文明始终是这里的传统。目前，虽然乌克兰的经济还算不上发达，人们的生活还算不上富裕，但乌克兰人民在精神上是富有的，他们的文明修养是相当不错的，通过以上我亲身经历、亲耳听到的 4 件事，就可见一斑了。最后，我愿以著名学者、作家余秋雨先生的一段话结束本文，他说：“文明可以成为一种点缀，但文明有最终指向。正是这种最终指向，维护了人类。”

（原载《旅游纵览》2008 年第 11 期）

顺访维尔纽斯

从加里宁格勒返回莫斯科，如果走陆路必经立陶宛的首都维尔纽斯。我那次在加里宁格勒考察结束恰巧是星期五，我和夫人石洁珍打算利用周末，路过顺访一下立陶宛的首都维尔纽斯。经电话请示使馆经商参处领导，获得批准，我立即拨通了中国驻立陶宛使馆经济商务参赞处高锡云参赞的电话，说明顺访的意图，他表示热烈欢迎。高锡云参赞曾是驻俄罗斯使馆经商参处的办公室主任，两年前提拔升任驻立陶宛使馆经商参处的参赞。在驻俄罗斯使馆时，我们是朝夕相处的同事，一起工作过两年，关系不错。此次到访，无论出于兄弟处室的关系，还是个人的友谊，高参赞给予了热情周到的接待。

周五下午 4: 00，直通维尔纽斯的国际长途汽车从加里宁格勒开出，沿途停靠 4 个站，于晚上 10: 50 到达加里宁格勒州和立陶宛的边境。全体旅客随身携带行李，下车到边境移民局和海关办理出境手续。因为我是驻俄罗斯使馆的外交官，并向移民局官员出示了俄罗斯外交部颁发的外交官证，移民局官员只是简单地询问，到立陶宛为什么绕道加里宁格勒州进入立陶宛？我答道，在加里宁格勒出差 7 天，从这儿顺道去维尔纽斯，然后从那儿返回莫斯科。移民局官员听后点头表示理解，然后在我们两人的护照上盖了出境章。轮到过海关通道，我说我是中国海关关员同时是外交官，此次到加里宁格勒州出差，受到你们加里宁格勒州海关局的接待。我把我们夫妇的护照和加里宁格勒海关局副局长的名片亮给旅检关员看，他热情地连说：“嘎列尕！嘎列尕！（同行！同行！）于是双手做了个“请”的姿势，给予免验放行的待遇。我和夫人是第一批顺利通过海关的旅客，车上空无一人，等了将近一个多小时，同车的旅客才陆续经过细查细验放行上车，有的旅客超量携带的奶酪等食品被扣留了，大家连连用羡慕的眼光看着我，羡慕我们夫妇享受了海关的免验待遇。

深夜12：00，又来到立陶宛边境移民局和海关的停车场。车门打开，上来一位立陶宛的边防军人和一位海关关员，他们让旅客拿出护照和海关申报单，逐个进行查验。当轮到查验我和我夫人的护照时，边防军人愣住了，想了一下，他把我们的护照放进他的皮包里，让我们等一下。轮到海关关员查验海关申报单时，我说我们是中国海关关员，又是外交官，享受免验的待遇，所以没有填写海关申报单。听后，可能是因为“天下海关是一家”的缘故，这位关员问我在对面是不是也享受了海关免验的待遇，我回答是的。于是，他悄声说了句：“祝您旅途愉快！”边防军人检查完其他旅客的护照后，让我们随其下车到边防卡口的办公室，问询我们到立陶宛的目的？到什么地方？有无邀请函？我一一如实作答，并补充说，中国和立陶宛是互免签证的国家，我是外交官，这是我的夫人，均享受免验的待遇，来你们国家访问不用邀请函。听后他说，像你们这种情况，立陶宛独立后两年来我们还没有遇到过，需要请示如何处理。说完，给我们倒了两杯水，请我们坐下静候。当着我们的面，这位认真负责的边防军人先是给已经休息的上级领导打电话，这位领导又向更高一级的领导请示。更高一级的领导也拿不准，又深夜给立陶宛外交部领事司的领导打电话，这才印证我的话是对的。边防军人得到答复后，在我们的护照上重重地盖上放行章，并一再表示歉意。当我们夫妇上车回到焦急等候近半个多小时的旅客身旁时，嘿嘿！这次人们投来的可是幸灾乐祸或嫌弃的目光了。我赶紧大声向大家说，对不起，让大家久等了！在相邻两国的出入境口岸，同车旅客向我们夫妇前后投来的不同含义的目光，使我不禁感慨万千。

凌晨4点，奔跑了将近一夜的国际长途汽车终于驶入维尔纽斯客运站，正当我们夫妇走出汽车在凌晨夜色朦胧中，为人生地不熟而心神不定时，在出站卡口的灯光下，发现高锡云参赞正向我们招手，顿时心头一块“石头落了地”。当听说为迎接我们，他深夜两点钟就等在这里时，我们心里充满感激和歉意。

▲ 我们夫妇在市中心的古代特拉凯大公国湖心岛宫殿前留影。

在前往使馆招待所的路上，高参赞亲自驾车，我坐在副驾驶的座位上，开始向他请教，“维尔纽斯”一词的含义。高参赞介绍说，维尔纽斯在立陶宛语里是“狼”的意思，相传在 12 世纪，立陶宛大公来此狩猎，夜里梦见一群狼在一个山丘上撕斗，其中一只强壮的打败了其他的狼，大声嚎叫，惊醒了大公，他认为这是吉兆，于是下令在此筑城，就有了维尔纽斯城。维尔纽斯是一座世界性的城市，拥有各种各样的古代建筑 1000 多座，其中比较有名的有 100 多座，光教堂就有 40 多座。老城区仍保留着中世纪城镇的格局，该市是欧洲最大的古城之一，我们将要重点参观的圣安娜大教堂是这座城市的骄傲。

接下来，我们又热聊起在莫斯科的共同经历。两年前我刚到使馆报到，作为办公室主任的他，为我操了不少心，出了不少力，是他陪着我楼上楼下地介绍各个处室；是他陪着我办理饭卡到食堂打饭；是他陪着我上街购物；是他多次陪着我学车；是他带着我大年初一一大早，到莫斯科新开张的麦当劳排队，购买了 27 份套餐，为的是让全处同志能过上一个带有“洋味”的春节；是他深夜冒着零下 25℃的严寒，驾车赶到 100 多公里外的公路上，守候在出车祸当场死亡的湖南土畜公司两位谈判代表的遗体旁，直到第二天遗体被拉回殡仪馆，高参赞和同去的另一位同志因汽车油箱的汽油耗尽，无法取暖，几乎冻僵；还是他，走上从非洲飞回莫斯科的一架俄罗斯民航飞机，将因患黄疸性肝炎取道莫斯科回国而不幸亡故在飞机上的援非干部背下飞机，他不怕传染，自己的西装上，沾上了一大片死者的恶臭呕吐物……

当我们谈起这些经历时，高参赞说，外交官不都是西装革履、推杯换盏光鲜的一面，还有许多不为人知的默默无闻、艰苦奉献的一面。当我问他，当了几年办公室主任的体会时，他深有体会地说，办公室主任的工作是比较难做的，概括一句话，无过便是功。没想到这句“无过便是功”的总结，竟然成了我不久以后担任使馆经济商务参赞处办公室主任的座右铭。在担任这个职务的3年中，我以高参赞为榜样，兢兢业业、诚惶诚恐地工作。在这个岗位上，没有上下班，没有节假日，没有白天和黑夜，什么时候有事什么时候干。3年来，我获得领导和群众的好评，自己得到了锻炼和提高，为以后做好海关参赞工作打下了基础。

不知不觉中，汽车开到使馆招待所，安排我们住下，吃过早点让我们休息补觉，高参赞回去了。午饭后，他到使馆处理一份加急电报，让一位姓刘的同志陪我们夫妇游览市容，重点参观歌德式的大教堂——圣安娜大教堂，以及具有欧洲古典风格的市井。

当天晚上，高参赞在维尔纽斯的地标——建在市中心山丘上的古城堡附近的餐馆，设便宴招待我们夫妇。饭前，他带我们爬上八角形古城堡上一座3层楼高的古塔，站在塔上，环视四周，整座城市尽收眼底，令人心旷神怡。此次聚餐他们处全体出动，饭前高参赞介绍说：驻俄罗斯使馆经济商务参赞处是大处，人才汇聚，集中了很多调研能手和“笔杆子”，孟宪起同志就是其中之一，此次他送上门来“传经送宝”，这对提高我们处的调研工作水平是一次难得的机会，下面请他介绍一下从事调研工作的经验和体会。我说遵命不如从命。于是我就结合此次加里宁格勒调研的实际情况，谈了如何做准备、如何选择调研对象、如何积累数字和事例、如何选材撰写调研报告等。讲了约有20多分钟，博得了热烈的掌声。饭后，我对夫人说，高参赞真会安排，交流了工作经验，又欣赏了美景，还表达了盛情，真是“一箭三雕”啊！

第二天是星期天，高参赞夫妇陪同我们参观游览了当地著名的风景名胜——特拉凯湖。这里湖水清澈，花草树木繁盛，四周建有各式各样的别墅洋房，而湖中央的一个岛上仍完整地保留着古代特拉凯大公国的宫殿，宫殿内的壁画仍然鲜艳夺目。这里把古代文明和现代文明有机地结合起来，相得益彰，独见立陶宛人创造自然美的匠心。下午，我们结束了令人难忘的立陶宛之行，乘飞机返回莫斯科。

（此文写于 2013 年）

外交官的“谢幕曲”

2004年9月下旬，接替我的参赞工作的同志已经来到使馆，我们进行了详细的工作交接后，我本可以任期届满“打道回府”，但根据外交部当时的规定，驻外外交官任职届满，回国可以绕行别的国家进行探亲或旅游，但绕行产生的一切费用要自理。我和老伴商量，决定利用此次机会，自费到美洲旅游，亲眼看看世界第一强国美国和国土面积排名世界第二的加拿大，也是了却我们多年的愿望。为了有个照应，我们还邀约了在俄罗斯工作的小儿子孟政，利用他的假期，与我们同行。我们自掏腰包预定了一个旅行团。此次旅行，总共20天，去了美国和加拿大的16个城市，开阔了眼界，思考良多，收获很大。

我以游记的形式，记录了此次旅行的一些见闻及思考。

9月27日（第1天）

在莫斯科乘SU317俄航航班，经10个小时的飞行，抵达美国首都华盛顿。上飞机前的安检十分严格，托运行李和手提行李，全部要打开，样样细查细验，而且俄罗斯安检人员查完，还要美国人复查签字，这样每个人平均耗时两三分钟，多则四五分钟，无论是外交官、政府官员、商人，还是一般旅客，一视同仁。这可能是“9·11”之后，美国人被炸怕了，大有“御敌于国门之外”的意思。但当飞机抵达华盛顿后，却远不像人们想象的那样严格检查了，海关人员只是看一下在莫斯科机场登机前查验的记录，特别注意美国人的签字，便放行了。但当我们一家3人过移民局时，因在华盛顿的居住地不清楚被卡住了，我们说明来美国是旅游，住处是由中国驻美使馆的朋友和旅行团安排的。听后，移民局的官员在我们的护照上盖了放行章。

第1天的日程结束，有3点给我这个“外来和尚”留下较深的印象。

一是现代化的摆渡车让人感受到处处替旅客着想的方便。飞机停稳后舱门打开，旅客不是走下舷梯，而是走进车体升起对准机舱门的摆渡车里，旅客坐定后，车体慢慢回降下来，驶向不远处的位于二楼的查验大厅。摆渡车在查验厅楼前停下，车体又缓缓升起，对准位于二楼的查验大厅的门口，旅客从容走入大厅接受查验。这样方便的设施以前在法国戴高乐机场体验过，这次在美国华盛顿杜勒斯机场也见到，而这种先进的摆渡车在我们国内机场还不曾见过。

二是人性化的服务。在旅客进入查验大厅候检的队伍中，有会各种外语的服务人员，帮助填写申报单证。大厅的门口预备了专为老年人或残疾人使用的手推车，而且有专门的服务人员，将这些老人或残疾人推送到专为他们开设的办手续窗口，不用排队，很快就能过关放行。

三是旅馆的服务很到位。朋友为我们预订的旅店用中国的标准来衡量，顶多不超过三星级，可是房间的设施很实用，比如烧水壶、微波炉、各种厨具、剪刀等。我们提出需要一条毛毯，房间里没有，服务员便不厌其烦地查找了五六个房间，终于为我们找来一条，而且连说对不起让你们久等了。

9月28日（第2天）

上午，我们到华盛顿郊区参观“华盛顿故居”。由6个讲解员分段讲述美国开国元勋华盛顿生前在此工作和生活的情景，其中给我印象最深的是他胸怀世界、为美国未来规划蓝图、解放黑奴这3点。

参观结束，我们赶回市区。一路上，路过耳熟能详的五角大楼、国会山、白宫、阿灵顿公墓、华盛顿纪念碑等著名的景点。

午餐吃的大虾和海蟹，量很大，各要了两份，足够4个人吃的，每种菜十几美元，这个价格在俄罗斯要翻上五六倍，就是在国内也下不来，真便宜！吃着饭，滂沱大雨“哗哗”地下起来，足足下了两个多小时。雨小一点了，我们开车回旅店，路过美国国立美术馆时，老伴想参观一下，但那时离闭馆时间只有不到10分钟了，我们进去后向一名黑人讲解员说明我们远道而来，十分想利用这少许时间参观一下美术馆的精华部分。这位善解人意的讲解员听后，说了声：“跟我来！”便带着我们一路小跑来到达·芬奇和凡·高的名画前，简要介绍了这两幅“镇馆之宝”的来历，并热情地帮我们拍照合影，待我们跑出美术馆时，大铁门早已关闭。

▲ 在华盛顿庄园留影。

9月29日（第3天）

吃过早饭，朋友驾车开上了驶往纽约的高速公路。美国的高速公路和俄罗斯的高等级公路差别不大，只是修整得更干净整洁些，路面宽阔、平整，公路两边是树木，标志明显，设施齐全，如同城市的街道一样。我想，俄罗斯的公路改造成美国这样的高速公路费不了多少工夫。美国的高速公路也收费，但不像我们国内收取的那样频繁，从华盛顿到纽约400多公里路程，中间只收费一次，这在国内至少要两三次。

下午两点半，进入纽约市，高大的建筑扑入眼帘。特别是进入曼哈顿岛，鳞次栉比的高楼大厦给人以压抑感，而路过双子塔废墟时，一种莫名其妙的异样感觉油然而生。

每人花30美元乘渡轮登上自由岛和爱丽斯岛，从那里回头看曼哈顿岛，如积木般的建筑群，使人感受到资本主义经济文明发展的成果。在自由岛上，矗立着1886年10月28日安放的自由女神雕像。在岛上买纪念品，很便宜，但细看却是中国制造，我欣赏了十几种纪念品，80%是中国制造，由此也折射出中国经济融入世界的程度。

这几天以来，美国给我的一个突出印象是厕所干净卫生，没有异味，厕纸随便用，这也从一个侧面反映了美国物质文明和精神文明发展的水平，我们中国要达到这个水平恐怕还要有些时日。

▲ 在自由女神雕像的不远处就是纽约的曼哈顿岛。

9月30日（第4天）

按照与旅行社签订的合同，早上7:00，旅行社派车到旅馆来接我们去集合入团。哪曾想，接我们的司机以堵车为由，直到8:30才来接我们，并且一句抱歉的话都没说。人到齐后，导游简短地讲了注意事项，在旅游大巴上的座位是按顺序一天一换，即第1天坐在前面的，第2天就换到后面去，这样每个人均有坐在前面的机会，不会产生争抢好座位之事，这一点给我留下了较深的印象。

我们在纽约的日程是：第1站是华尔街，第2站是双子塔国贸大厦废墟。残垣断壁基本清理干净，但用铁丝网围着，人们只能从远处看。据说，为在此处重建什么建筑，各方争执不休。第3站是帝国大厦。第4站是百老汇和时报广场。第5站是“退役”的“无畏号”航空母舰。舰上陈列着老布什总统亲自驾驶过的F-16战斗机，还有“退役”的协和民航机和各式各样的直升机，我大开眼界。

10月1日（第5天）

今天是我国的国庆节，导游特意安排我们这样的以中国人占大多数的团组，先参观位于费城市内的独立宫。这里有“宣布”美国独立的签字大厅和自由钟，是美国独立的见证物。看着独立宫，不禁使人浮想联翩，想到北京的天安门。中美两个大国，为了独立、民主和自由，都进行过不屈不挠的斗争，最终取得了胜利，这是人类历史发展的必然。

然后，驱车到达美国首都华盛顿。在这里，参观游览了美军二战树旗雕像。导游介绍说这是二战时，发生在太平洋硫磺岛上的美军与日军之间的最激烈的夺岛战役。双方伤亡惨重，日军守岛的23000人，只有1083人生还，而美军死亡6812人，19189人受伤。我边看边想，全世界人民应该从这座雕塑中得到启示，美国不能一味地对日本右翼搞“绥靖”，否则硫磺岛的悲剧还会重演。接着，我们又走马观花地参观了白

▲ 在美日硫磺岛战役雕像前留影。

宫、国会山、杰斐逊纪念堂、韩战和越战纪念牌、林肯纪念堂、航空航天博物馆。

这一天来，有3件事让我思考良多。一是美国的几任总统，无论是美国的开国元勋华盛顿，还是亲手起草制定美国宪法和独立宣言的杰斐逊，以及维护国家统一、宣布废除奴隶制的林肯，均为解放黑奴作出了杰出贡献。二是美国宣传朝鲜战争和越南战争是为自由而战，其实质是为了美国大财团的利益，驱使美国青年远渡重洋进行非正义的战争，而战争的矛头最终均指向新中国。当时国力和军力相差悬殊的中美两国，较量的结果，却是当时力量相对较弱的但握有“正义之剑”的中国胜利了！所以我认为，决定战争胜负的关键因素是战争的性质。三是我们这个旅游团以华人为绝大多数，无论是来自中国香港、台湾地区的，还是来自其他国家的华人、华侨，他们对来自中国内地的同胞，多少透露着一种神秘和敬畏的感觉，我们要格外地谦虚、热情和大度，用实际行动彰显中国内地人的风范。

▲ 在白宫前的广场留影。

10月2日（第6天）

早上7:00，出发赶路，直奔美加边境的尼阿加拉大瀑布而去。一路上，连带休息参观了两个由旧工厂改建的博物馆。一个是位于康宁地区的玻璃制品博物馆，五颜六色的玻璃制品琳琅满目，看后使人产生愉悦感，可以消除旅途的疲劳，据说以前这是一座污染严重的玻璃厂。另一个是由水泥厂改建的巧克力博物馆，里面陈列着各式各样的巧克力制品，展示巧克力制作的过程，整个博物馆散发着香甜的气息，让人垂涎欲滴，参观者情不自禁地买上几样品尝一番。这样，既长知识开阔眼界，又解了馋，这种安排别具匠心，值得国内的旅游公司学习。接近傍晚，旅游大巴将我们送到布法罗市，途经尼阿加拉大瀑布时，远远望去，升腾起来的水汽和夕阳的余晖交映在一起，更加引起游客们的参观欲望。

晚饭后，大家集合乘车去看尼阿加拉大瀑布夜景。从下榻的布法罗市到大瀑布，约半个多小时车程。当眼前出现五光十色的水帘时，人们惊呆了，世界第一的跨国大瀑布的夜景让游客们陶醉了，不得不为大自然鬼斧神工的魔力和人们锦上添花的佳作而感叹！整个瀑布浸润在缥缈迷离的梦境之中，随着灯光颜色的变化，水帘由白转为浅红，由浅红转变为浅蓝，再由浅蓝转变为翠绿，真是五彩缤纷、五光十色、迷离神奇、千变万化啊！

回到宾馆躺在床上，细想今天的经历，有 3 点印象深刻：一是美国的郊野规划得比俄罗斯的整齐，但较澳大利亚稍逊一些；二是无论城市和乡村到处可见美国国旗，时时刻刻在对人们进行热爱美国的教育，这一点值得我们学习；三是参观两座博物馆，使我不禁想到，美国等西方发达国家把污染重、耗资源、费人力的工厂或企业转移到发展中国家，自己留下的却是文化和服务性的第三产业。

10 月 3 日（第 7 天）

上午，我们来到尼阿加拉大瀑布。游客下车履行了简单的过关手续，便乘坐电梯到达 110 米的高处，从这里观看大瀑布的全景，这完全是一幅立体的画卷，从不同的角度观赏，有不同的感觉。在导游的引导下，坐电梯下到湖边，每人配发了一件雨衣，坐船体会洪涛下泄的巨大威力。尽管我们将雨衣紧紧裹在身上，但还是个个成了“落汤鸡”。惊魂落定，游客们来到电影厅观看与大瀑布有关的宽银幕电影。

简单吃过午餐，乘车来到加拿大第一大城市——多伦多。我们先坐上一条游船，游览多伦多的千圣湖。从远处看多伦多，仿佛从自由岛上看纽约的曼哈顿一样，让人一目了然。然后上岸，乘坐世界第一高的观光电梯到达1000多英尺的高处，鸟瞰多伦多市，让人心旷神怡。接下来游览州政府和市政厅。

▲ 在加拿大多伦多的游船上留影。

10月4日（第8天）

今天的旅程安排十分丰富，所以早上6∶30就上路了。大约驱车3个小时，来到参观的第一个景点——千岛湖。

该湖位于圣罗埃斯河上，是美国和加拿大的界湖，湖里有1800多个岛屿，所以称为千岛湖。

美国通用公司的总裁在湖里买下加拿大的一个名叫扎维孔的小岛和临近的美国岛屿，在这两个岛屿之间建造了世界上最短的国际桥梁，该桥长9.75米，桥的两边分别挂着美国和加拿大的国旗。游客们纷纷拍照，将这一奇景摄入镜头。

游船在湖里漂荡一圈，游客们发现湖水碧绿见底，清澈干净，这与加拿大政府施行的强有力的环保措施不无关系，规定不允许在湖边制造垃圾，不允许向湖里排放污水，附近过路的汽车也要装上环保仪，控制碳燃烧等，如果违反了，处罚是十分严厉的，所以加拿大是世界上环保做得很好的国家之一。由此联想到我国的许多湖泊近年被污染，而加拿大保护湖泊的经验是值得我们学习借鉴的。

游览完千岛湖，我们来到加拿大的首都——渥太华。这座有 70 万人口的城市，给人的感觉是安静、清洁、祥和的。午饭后，我们游览了由 3 座哥特式建筑组成的国会山庄，中间的一座建有塔楼，据说这组建筑寓意加拿大人民祈求和平团结。建筑群前的广场上，有一个喷出长明火的池子，火从水中喷出，暄示水火相容，英国人和法国人居住在加拿大，永远和平相处。

在典雅的国会山庄对面，有一个用金属做成的雕像，他就是享誉加拿大的特里·福克斯。这个只活了 22 年的青年人，当他得知自己患了骨癌后，进行了截肢，装上义肢后，他发誓要跑遍全世界，用募捐的义款，资助加拿大的癌症研究所。然而，他只跑了 143 天，其中仅休息了 1 天，行程达 3339 英里，募得义款 2400 万加元。为了宣传、弘扬特里的顽强精神，他去世后，国家为他建了这座雕像，供人们瞻仰。

离开渥太华，来到蒙特利尔。在这里，我们参观游览了世界第二大圆顶教堂——约瑟夫教堂。这座教堂的建造者名叫约瑟夫，他也是加拿大的一位了不起的人物，他以对神无比信仰的力量，治好了自己的病，又以对神无比信仰的力量，号召有病的人，来到他这里治病，许多残疾人拄着拐杖上山来到他这里，约瑟夫虔诚地宣讲教义，唤起人们对神的无比信仰。奇迹发生了！这些人的病症消失了，丢掉来时拄的拐杖，轻松地徒步下山。病愈的人们把钱捐给他，他用那些钱修建了这座气势宏伟的大教堂。约瑟夫死后就葬在这里，人们将他的那颗对信仰无比虔诚的心脏取出来，放在一个密封的溶液瓶里，供奉在教堂最显眼的地方，让人瞻仰。当人们缓步登上这座大教堂时，会油然生出一种敬畏感。

▲在加拿大蒙特利尔约瑟夫大教堂内留影。

10月5日（第9天）

早上，旅游大巴从蒙特利尔市出发，向着加拿大最北边的省会城市魁北克前进。上午10点，旅游大巴驶入现代文明与古老文明交融的魁北克市。这座城市有65万居民，大部分是法国人的后裔，他们会讲英语和法语。城市分为新市区和老市区。新市区高楼林立，商业繁荣，一派现代化的气息，而老市区的商店仍挂着18世纪法国的牌匾，店员们穿着法国古时的服饰，留着老式的发型，处处古香古色。城市绿化很好，红瓦白墙的别墅和整洁的街道排列有序，给游客留下的感觉是安静、整洁、井然有序。

10月6日（第10天）

早晨5:30出发，直到傍晚17:30，才返回纽约。到此为止，我们前10天的旅程结束。在纽约肯尼迪机场，我们一家3口和朝夕相处10天的“旅友”们告别，心里还真有点“恋恋不舍”的。有5个人和我们彼此留下了电话和地址，其中印尼华侨母女俩，一年后来北京旅游时，还专程到我家登门拜访呢。

我们要在纽约肯尼迪机场乘夜班飞机，到洛杉矶加入另一个旅游团，继续下半段的旅游活动。在办理登机牌时遇上一位会说汉语的值机员，他热情地为我们 3 人办了靠前的座位，并祝我们旅途愉快。这预示着后半段的行程是吉祥多彩的。

在机场快餐店简单吃过晚饭，离飞机起飞还有 1 个小时。当我们在登机口候机时，儿子孟政的手机响起，是刚结婚一年多的儿媳从国内打来的越洋电话。孟政起身向候机厅的门口走去，然后不假思索地推门走出候机厅，继续谈话。不料，等他打完电话，再想推门进来，才赫然发现这道门是只能出不能进的。他身上既没带护照也没带机票，正当他着急无措时，一位黑人警察开车过来，问他发生了什么事，需不需要帮助。孟政用生硬的英语说明他是 184 航班的乘客，想进候机厅。听后，黑人警察略加思考后示意他上车，于是这位“雷锋式”的美国警察拉着他沿着 3 个候机楼逐个打听。那时，离飞机起飞只有 20 分钟，我们发现打电话的儿子还没回来，再细看候机厅门外已没有儿子的身影，我们也慌了，急忙向服务人员说明情况，请他们帮忙寻找。正当我们焦急万分时，黑人警察拉着儿子在敲候机厅的门了，我三步并作两步跑到门口向候机厅服务人员出示了儿子的护照和机票，经过验证，一场“虚惊”化解！我们按时登上飞往美国西海岸洛杉矶的夜航飞机。

从美国纽约飞至洛杉矶大约需要 5 个小时，从高空俯瞰，过了一片灯湖，又一片灯湖，景色十分壮观。正当昏昏欲睡时，飞机抵达洛杉矶安大略机场。深夜两点，取出行李，正担心是否有人来接我们时，在海关出口看见一位瘦瘦的男子举着牌子，向我们招手。原来，整架飞机有东方人面孔的就我们 3 人，那位男子发现了我们，顺理成章地向我们招手，我们也上前打招呼。

接机的人是洛杉矶旅行社的，也姓孟，排辈是庆字辈，和我儿子孟政是同辈，在洛杉矶开了一家规模不大的旅游公司。在前往旅馆的路上，我们认了宗亲关系，孟经理请我帮他把孟姓的族谱排序写下来，我答应好好回忆一下，一定满足他的请求。他说，天下姓孟的是一家，到了旅馆就到了家，问我们早点想吃什么？我也没客气，脱口说出，就想吃馒头、咸菜，喝稀粥。他说这好办。第 2 天早点时别的客人吃面包、牛奶、沙拉，我们 3 人却吃着白面馒头、热米粥和榨菜。看来真跟到家了一样，那个香甜舒服的滋味，心里也得到了满足。

10 月 7 日（第 11 天）

吃过可口的早点后，孟经理亲自驾车将我们送到 40 公里外的迪斯尼乐园。世界闻名的洛杉矶迪斯尼乐园是一座综合性的主题游乐场，它是由美国著名的动画片大师迪斯尼于 1955 年创办，并以自己的名字命名的。它是世界上第一座游乐园，当初创办时只花了两亿美元，中间整修了十几次，现在每天的收入 800 多万美元，算下来一个月的收入就把当年投入的成本收回了。这是一笔多么赚钱的生意啊！由此可见，文化产业的威力巨大呀！

短短 1 天时间，我们紧锣密鼓、挂一漏万地参加了 14 个活动：坐疯狂过山车、参观海盗村、乘独木舟、欣赏小动物、观看立体电影、欣赏三维电影、俯瞰加利福尼亚、遨游太空、进入热带雨林、体会自由落体、坐船漂流峡谷、近距离接触热带动物、坐着吉普车去探险、观看情景舞台剧。这一天过得真快，也真够刺激的。

10 月 8 日（第 12 天）

今天，我们将到著名的好莱坞参观游览。导游介绍说，好莱坞是在 1886 年由房地产商哈维维尔克特斯，在洛杉矶郊区买下一块地成立的电影厂，他用自己家乡的名字命名了这个电影厂。

旅游大巴行驶半个多小时，来到好莱坞的星光大道。这条大道上镶嵌有 2000 多个明星的五角星状石块，这些明星来自电影、广播、演唱、体育等领域，华人明星李小龙、成龙的名字也刻在星光大道上。拳王阿里不同意把自己的名字刻在地上让人们踩踏，非要坚持把刻有自己名字的石块镶嵌在墙上，他的要求获得了批准。

10月9日（第13天）

今天路过一个“丹麦村”。据导游介绍，这个村是丹麦人的先辈们早年在加拿大登陆后南下，在美国的加利福尼亚州定居形成的。现在这个村依然挂着两国国旗，商店里卖丹麦食品和纪念品。整个村庄给人一种宁静、清洁而又不失热情的感觉。

停留的第2站是赫斯城堡。参观这个城堡是需要事先预约登记的。我们这个团38个人，只有6个人事先登记过。他们可以领票上山进入城堡参观，其余人只能留在山下的接待大厅，观看介绍这个城堡的电影资料片。据影片介绍，该城堡是美国报业巨头赫斯早年参观欧洲的古城堡后，突发奇想，打算在美国也兴建一座比欧洲古城堡还豪华的城堡，于是就选定他父亲早已买下的这座山，在山顶建造了这座豪华的城堡。1951年赫斯去世前留下遗嘱，将该城堡无偿献给加利福尼亚州政府，现在已经对游人开放。由此我联想到，美国从法律上规定，财产留给后人是要缴纳巨额的遗产税的，后人交不起这样巨额的税，只能将遗产和财富无偿捐献给国家或用来搞慈善事业，这样就只能富一代，第二代要富裕就得靠自己继续奋斗，不能坐享老一辈创造的财富。而我国到现在还没有征收遗产税，有些富二代可以不劳而获，肆意挥霍父辈们创造的财富，应该学习借鉴美国的这种规定。

10月10日（第14天）

早上5:30，出发奔赴美国西海岸的第二大城市——旧金山，途中经过美国三大国家公园之一的优山美地公园。

接近中午，我们到达旧金山。旅游车一直开到旧金山湾，登上一艘游艇，从水上观看了一年一度的飞行表演。湛蓝的天空，碧绿的海水，一架架从事高难动作的飞机在水面和空中翻飞，岸边的观众不时爆发出一阵阵掌声和欢呼声！游艇从金门大桥下面穿过，来到一个小岛旁，导游介绍了当年华人冒死从这里偷渡上岸，被抓住后又被关在这里，经受了非人的痛苦，听后大家唏嘘不止。上岸后，参观了万国博览会的旧址——旧金山艺术大厦。在这里了解到，1915年召开万国博览会时，中国的茅台酒在这届博览会上第一次获得国际大奖。

10月11日（第15天）

今天来到位于奥尔良市的斯坦福大学参观游览。

斯坦福大学是一座4年制的私立大学，其英语、心理、政治、历史、生物等专业的学术水平和美国的哈佛大学、麻省理工学院齐肩，是被公认的世界著名大学。美国最高法院的大法官共有9位，其中6位毕业于斯坦福大学。游客在校园参观，可以看到学生在课堂上课，可以看到教师讨论研究课题，其开放程度出乎人们的预料。参观游览活动结束，大家依依不舍地上车离开。

在返回洛杉矶的途中，我和华人司机聊了起来，这位年近50的爽朗的大连人对我敞开心扉。他说，来美国的华人大都有一种失落感，生活和工作并不像出国之前想象的那样美好，如果10年前，国内的生活水平能像现在这样，就不会有那么多人出国了。在这里，制度压着你不得不拼命地干，房子、车子是贷款买的，为了还清这些债务，人们只能卖命地干。一旦没有了工作，收入断绝，房子、车子就会被银行收走，或因交不起税而被迫卖掉。

10月12日（第16天）

回到洛杉矶，我们又住回之前已经当成家的旅店里，有宾至如归的感觉。

今天，我们来到美国太平洋舰队的所在地——圣地亚哥参观游览。据介绍，美国太平洋舰队之所以建在这里，是吸取了二战的教训。原来，美国太平洋舰队的基地建在夏威夷珍珠港，远离美国本土，二战时被日本偷袭，损失惨重，所以重建时就选在加利福尼亚州的圣地亚哥海湾里。游客每人花15美元登上游艇，沿着海湾岸边观光一圈，扑入眼帘的是岸边红顶黄瓦的别墅、停靠码头的各式各样的豪华游艇、在露出水面的石头上晒太阳的海狮和庞大的里根号航空母舰……据说，这里是美国最宜居的地方，所以房价也是全美国最高的。

在返回洛杉矶的路上，孟经理给我讲了有关汽车的故事。他说，美国人每天 8 个小时工作，8 个小时睡觉，8 个小时坐在汽车里，汽车成了美国人生活不能分离的物品，美国当时约有汽车 2.5 亿至 3 亿辆，而洛杉矶一座城市就有 1000 万辆（相当于当时我国拥有汽车数量的总和），这么多的汽车，为什么堵车不像国内这么严重呢？这与当局采取有效的措施不无关系。例如，洛杉矶规定，两个人以上乘坐的汽车可以走快速车道，单人开的车只能走慢车道，违反了就要被罚款，这样做的目的是鼓励人们合驾汽车。但是，也有一些“钻空子”的例外。有些贫穷人的孩子，专门给想走快车道的司机当“陪坐”，收取 5 美元，下车后又找另一个回程的司机陪着坐回来，再收 5 美元。还有的司机干脆买一个模特假人，绑在副驾驶座位上，欺骗交警，混上快车道急驶，看来无论国内还是国外，都存在“上有政策，下有对策”的现象啊。

10 月 13 日（第 17 天）

今天起了大早，直奔美国有名的赌城——拉斯维加斯。导游介绍，拉斯维加斯位于美国内华达州的沙漠地带，为了让这个寸草不生的荒凉之地完成缴税的任务，美国中央政府给了内华达州特殊政策，允许在沙漠上开辟赌城。很快，这个“不毛之地”出现奇迹，一座拥有 170 万人口的城市拔地而起，它以赌博业为主，开办旅游业，每年接待游客达 3890 万，高居美国城市之首。

拉斯维加斯的“精华”是赌场。导游带领我们进入一家赌场参观，这里到处摆着老虎机和牌桌，服务人员衣冠楚楚，热情地为客人服务，老虎机的旋转声和赌币的碰撞声不绝于耳。导游介绍说，拉斯维加斯的赌场有 3 个特点：一是氧气比外面足 60%，目的是使赌客不感到疲劳；二是灯光柔和，让赌客在舒适的环境中赌博；三是所有赌场没有钟表，这并不是赌场主人的疏忽，而是让赌客尽情“拼搏”，忘记时间。据说每台老虎机每年可从赌客口袋里“掏走”10万美元，多么可怕啊！

10月14日（第18天）

早上7点出发，中午到达世界著名的科罗拉多大峡谷。它是世界上很长的峡谷之一，号称世界七大自然景观之一，戏说地球在这里裂了一个大口子。

游客们站在突出在半空的观景点进行拍照留念，为亲眼见到这宏伟的自然景观而自豪，尽管饿着肚子，但大家仍兴趣盎然，接近下午3点，大家才依依不舍地离开。据说早在13世纪，印第安人对大峡谷进行了开发。但是大峡谷为世人所知，要归功于美国独臂少校鲍威尔的宣传，是他在1869年，率领一支远征队乘小船挺进大峡谷深处，他将一路上披荆斩棘的惊险经历写成游记，广为流传，从而引起政府和民众的关注。美国政府于1919年在此建立大峡谷国家公园，20世纪70年代成为世界自然遗产，现在每年接待游客300多万。

10月15日（第19天）

按照旅行社的安排，今天是旅程的最后一天。

早上8点，旅游团从下榻的宾馆出发，直奔最后一个景点——伦敦桥。导游介绍说，这座古老的桥，是从英国伦敦买回来的。美国人把这个景点看做是美国和英国友谊的象征，每年吸引游客达150万。

10月16日（第20天）

今天就要登机飞往俄罗斯取道莫斯科回国了。

上午9点，孟经理偕夫人陪我们一家到洛杉矶市区逛街。主人说，你们一家待在洛杉矶几天，也没好好看看洛杉矶什么样，今天特意陪同你们在市里转一转。听后，我们感谢主人的周到安排，“恭敬不如从命”，怀着感激的心情上了车。

一路上，主人边开车边介绍：洛杉矶是美国西海岸一个风景秀丽、璀璨夺目的海滨城市。它还是一座世界级的城市，有全球各地的移民至此，使用224种语言，各色人种聚居的地区形成各自的“城”。华人在洛杉矶约有40万，多数居住在“中国城”，“中国城”里有新老唐人街，进去后仿佛回到中国。1981年，洛杉矶市与广州市结为友好市。

接近中午，主人在一家广东粤菜馆招待我们品尝烧鹅，为我们饯行。席间，孟经理再次向我索要孟家的族谱。我就把几天来凭记忆回想起来的族谱写在一张纸上，并说明这份排序50辈的族谱是历经明朝朱元璋、清朝乾隆时期和民国初年3次补充修改，一直延续至今的，目前沿用的是中间的十几辈，而且孔、孟、颜、曾四大姓均沿用这同一套族谱。主人双手接过，连颂3遍，感谢不止。看来身在国外的孟子的后代，受孔孟之道的熏陶，他们的宗亲认同感比身在国内的孟家族人更加强烈啊！

饭后，主人将我们送到洛杉矶国际机场，留下联系方式，双方怀着依依惜别的心情相互道别。

（此文写于2004年）

我的退休梦

当下国人在谈论习近平总书记号召实现中国梦的话题，我们这些退休干部也不例外，下面谈谈我的10年退休梦吧。

退休前，我憧憬退休后那自由自在的、神仙般的幸福生活。然而，10年前，当盼望已久但又有点失落的退休生活真的迎面向我走来时，我还真有点手足失措呢！说实在的，对到底怎样度过漫长的退休生活，特别是退休后的黄金十年，其实我的心理准备根本就不足。当时，摆在面前有两条路可走：一是两耳不闻窗外事，一心只围绕自己和家庭转，安享晚年生活；二是抓紧黄金十年的时间，选择适合退休人员发挥余热的岗位，老有所为，为海关为社会继续作出贡献。经过慎重的考虑，在老伴的鼓励支持下，我选择了第二条路。

一、尽老党员的责任，将好传统传授给后来人

我是一个具有50年党龄的老党员，我们这代人受党的教育培养几十年，形成许多好传统、好作风。我亲身经历了改革开放和中国海关发展壮大的全过程；具有在国内和国外工作的复杂经历，积累较为丰富的经验和教训；历练了从普通关员到正厅级领导职务晋升的逐个“台阶”，具有深切的体会和感受。所有这一切，都是生动的“教材”，是年轻的海关关员健康成长所需的“营养”，将这些传授给海关后来人是我们义不容辞的责任。

退休后，我主动请求到上海海关学院和秦皇岛海关培训学校（现更名为中国海关管理干部学院）授课，我的请求得到院校领导的大力支持。几年来，我先后为在校大学生或培训学员讲授了《关于中俄关系的理性思考》、《谈谈俄罗斯海关治理“灰色清关”的情况》、《中俄海关之比较》、《亲历中国海关改革开放三十年巨变的感受》、《我对海关关员践行社会主义荣辱观的几点认识》、《我用科学发展观指导做好奥运会和残奥会服务工作的几点做法和体会》、《漫谈做好海关工作应具备的观念和能力》、《我对待职务晋升的态度、做法和体会》等 8 个专题，共讲了 30 多场。由于我在讲课前认真准备，授课中把个人的所见所闻所思所行揉进去，特别是结合我在俄罗斯当外交官，以及在北京奥运会和残奥会期间担任俄罗斯代表团联络员的特殊经历，内容精彩生动，具有较强的感染力，授课中陆续被掌声打断，授课结束后学员们报以长时间的热烈鼓掌。在学校对教师授课效果进行的无记名测评活动中，每次学生或学员们均给我打平均 90 分以上的高分。连续 3 年，我被学校评为“优秀兼职教师”。

近年，我积极参与了与海关总署机关青年干部举行的座谈会，会上谈个人的经历和体会，用现身说法对他们进行传统教育。座谈会后，他们说：“从老一辈海关干部身上感受到作为海关工作人员的成就感和自豪感，对海关工作的意义有了进一步的认识，坚定了为海关事业努力工作的理想信念。”

▲ 我和夫人石洁珍在街道执勤。

此外，每逢寒暑假，我还应邀到我居住的街道活动站，给社区中小学生讲故事、做报告，进行爱国主义教育和道德教育，收到良好的效果。2012 年国庆节前，我被街道评为“五好阳光老人”，并被授予奖状。2013 年，我被选为街道居民代表，同时被两个社区聘请担任了“道德讲堂”的特约讲师，为促进社区青少年和居民的道德文化水平的提高出力量、做贡献。

▲ 我在上海海关学院授课。

二、积极撰写文章，热情讴歌伟大的党、伟大的祖国

我自身成长的历程，特别是在国外12年的特殊经历，为我撰写文章、歌颂党和祖国、传播友谊创造了条件和丰富的源泉。近几年，我先后在《中国老年报》、《旅游纵览》、《北京奥运村纪事》、百度网、中央人民广

▲ 我辅导孙子学习。

播电台等报刊、图书或网站上发表文章20余篇。其中，参加中央人民广播电台为庆祝新中国成立60周年而举办的“我与新中国风雨同舟”大型征文活动中，我撰写的《〈祖国进行曲〉的故事》一文，获得优秀奖，我本人还代表60位获奖者在颁奖大会上发了言。在十八大召开的前夕，在居住的社区召开的诗歌朗诵会上，我和我的老伴朗诵自己创作的诗歌，歌颂10年来党带领全党、全国人民取得的巨大成就，以此献给党的十八大。诗歌的名字是：《十年成就铸辉煌》。

十年成就铸辉煌

——聆听十八大政治报告有感

中华大地飞彩霞，
神州盛世展风华；
金秋硕果累累结，
献给党的十八大！

报告字字重千斤，
回首历数妖娆花；
越听越想心越美，
万民齐颂党伟大！

弹指十年峥嵘月，
胜利蓝图党描画。
攻坚克难立奇功，
骄人成就遍华夏。

神九升空蛟龙潜，
高铁高速通天下，
摩天大楼如春笋，
经济老二属中华。

萨斯地震压不垮，
崛起中国不怕吓！
冲破岛链反围堵，
台海泛起和平花。

奥运世博显国威，
航母服役威震大，
南海东海驱贼寇，
友邦和谐不称霸。

平民住上安居房，
幸福走进百姓家，
医保实现全覆盖，
国泰民安乐无涯。

粮食丰收九连冠，
三农喜讯连连发。
农村实现城镇化，
神州遍开幸福花。

灿烂明天细规划，
实现小康成绩佳。
经济指标翻两番，
百姓翘盼乐哈哈。

惩治腐败得人心，
清正廉洁万民夸。
共同富裕均分配，
歌乐升平遍华夏。

科学发展指航程，
理论实践再升华。
各行各业奏凯歌，
和谐社会美如画。

新老交替接力赛，
交班选在十八大。
众志成城奔小康，
实现美梦大步跨！

三、积极投身奥运服务，续写爱国爱党的不老人生

在2008年北京奥运会和残奥会期间，经海关总署推荐，我被北京奥组委聘用成为一名老年志愿者，担任俄罗斯体育代表团和残奥代表团联络员。工作中，我严格要求自己，认真转变身份，甘当服务员；认真遵守纪律，顾全大局，努力维护国格和人格；克服苦和累，全身心奉献奥运；积极妥善解决矛盾，细致处理好与年轻志愿者、俄罗斯体育代表团、残奥团，以及相关运行部门的关系，保证了服务工作的高效、顺利进行。服务中，我发扬外交官统筹、协调、灵活、机动的特质，妥善解决了出租车服务缺失造成俄罗斯代表团不满，险些进行投诉事宜，确保了北京市服务奥运的“零投诉”；由于工作及时到位，消除了格鲁吉亚和俄罗斯武装冲突带来的冲击，确保了奥运村祥和安定的局面。与此同时，我从维护中俄友好大局出发，多方做工作，慎重处理俄罗斯运动员因奖牌被中国运动员摘取，发泄不满情绪破坏公物的行为，维护了奥运村财产安全和中俄友好关系。

由于志愿服务工作出色，奥运会和残奥会结束后，我荣获了北京奥组委“志愿者先进个人”称号、俄罗斯代表团授予的“第29届夏季奥运会最高运动成就奖”和海关总署的“特别奖励”。

四、立足服务，着眼管理，努力创建“五好”党支部

2010年7月，我当选为海关总署离退办党总支委员兼退休干部第一党支部书记。在党总支的领导下，在退休处同志的指导帮助下，我和支部班子团结配合，紧密结合支部党员同志的实际情况，认真学习贯彻中组部和海关总署在离退休老同志中开展“争先创优”活动的要求和部署，狠抓党员“离职不离党，退休不褪色”的教育活动，在加强支部班子建设，加强管理，增强党支部的凝聚力，服务为先，构建党员温暖的家等方面积极开展工作。

因为我们支部党员百分之七十以上进入古稀之年，所以我认为，党支部作为领导退休党员的最基层的党组织，主要的职能应该定位为服务。为了增加支部党员同志的幸福指数，让他们安度晚年，党支部除了在宣传执行党的路线、方针、政策，执行党中央和上级党委的决议之外，应把主要精力放在为党员服务上，党支部应该成为离退休干部的学习的课堂、休憩的港湾、温暖的家。基于上述认识，我们除了配合完成党总支布置的任务、组织好集体活动之外，还在现有的条件下，开展以下活动：

1. 密切与党员的联系。我和支部的支委及党员同志利用手机互发短信；建立互联网会话，互发邮件；新年和春节，党支部向党员发短信、打电话，祝贺大家节日快乐；对生病的党员，会同老干办，带上慰问品到医院和家里进行探望。这样做，一方面了解党员的生活和思想情况，另一方面加深了感情，密切了关系。

2. 及时反映党员同志的困难和要求。平时，我们注意把走访和讨论中大家提出的意见和要求，及时地向党总支和老干办反映，得到采纳，先后解决了6位同志调资中出现的偏差；为维护老年人的权益，我们主动请法律专家做报告；组织阅读老干办为老同志购买的维权方面的图书；为了澄清模糊认识，切实把思想统一到中央上来，党支部代买了中宣部编写的《辩证看 务实办，理论问题面对面》一书发给党员阅读；为了开阔大家的胸怀，使大家对晚年的生活想得开、想得通、想得远、想得深，活得充实、活得快乐和幸福，从人生的感触走向人生的感悟，党支部推荐阅读《人民日报》副总编袁志发同志所著的《快乐老年》；组织座谈，收看《国门英雄》。这些活动受到大家的欢迎。

3. 认真细致地做好服务。党支部注意收集媒体传播的各种适合老年人参加的有益活动，及时地向大家通报；在老干办的大力支持下，为8位70多岁的老同志，组织了电脑扫盲班。大家学习的积极性很高，课上学回家练，很快地掌握了使用电脑的基本技能。我们还主动与机关团委联系，请团员到我们支部空巢老人家里“学雷锋做好事”，解决这些老同志做家务上的困难和精神上的孤独。党员同志们称赞党支部为大家办的一件件好事，是贴心的服务，是党组织送来的温暖。

4. 为了给4对年事已高的老党员增加幸福指数，宣扬他们的高尚情操，我们组织了庆祝金婚纪念活动；为6对耄耋之年的老同志集体过生日，请机关共青团员给他们戴上大红花，拍照留念，每个党员送上一句温馨的祝福，他们也把漫漫人生的感悟讲给大家听。这两项活动搞得很成功，大家夸赞说，这是为庆祝建党90周年、迎接十八大、歌颂党、歌颂美满幸福生活的很有意义、很生动、很受教育的组织生活；党支部是我们幸福温暖的家。老干办还特意为此出了两期简报发往全国海关，同时还推出介绍活动内容的剪影，在海关总署内部进行宣传。上述活动得到离退办领导的大力支持和充分肯定，在2012年举办的海关总署机关离退休干部党支部建设培训班上，我代表支部介绍了经验和做法。

五、一点感悟和体会

在职的时候，我经常和同事们讲，“有为才有位”。我常想，作为一名为党奋斗了大半辈子的老同志，退休后自己在社会上在家庭里

▲ 党支部为6位耄耋之年的老党员集体过生日。

还有没有地位？这种地位从何而来？10年的退休经历使我认识到，一方面根据在职时的“为”，享受党和国家给予的相应待遇，拥有一定的地位；另一方面根据自身的条件，放下架子主动寻找一些力所能及的事情，继续“有所作为”，并下工夫作出成绩，顺理成章地会获得社会和家庭的新的尊重。这样一来，自我价值继续得到实现，每天都活得很充实，很有成就感，很有尊严，心情更加愉悦，身心才会更加健康，有益于长寿。

如今，我的黄金十年已经过去了，回过头来看看自己走过的路，10年中获得10个奖项，我的梦想成真了，做到了“离职不离党，退休不褪色”。为此，我倍感自豪亦倍感欣慰！

（此文获2013年“全国海关老干部学习十八大共筑中国梦征文活动”二等奖）

后记

我在驻俄罗斯使馆工作的 12 年，正处于中俄关系承上启下的重要时期，而我作为中国海关派驻俄罗斯使馆的首批外交官，倍感使命光荣，担子沉重，但在海关总署和使馆领导的关怀支持下，积极努力，勤奋工作，最终向党组织交出一份合格的“答卷”。

2014 年是我退休整整 10 年，也是我入党 50 周年的年份。出版这本书，回顾职业生涯的三分之一（12 年）在俄罗斯担任海关外交官的那段经历，对于进入古稀之年的我来说，是一种幸福的体验和享受。同时将那段令人回味无穷的岁月中的一些故事说出来，留给后人参考，起到警示和激励作用，这对于立志把终生献给党的事业的我来说，是一种应该履行的责任和义务，同时也是响应习近平总书记“讲好中国故事”的具体行动。

在本书即将付梓之际，我得到好消息，此书荣获海关系统第二届“金钥匙文学奖（纪实组）”。专家评委郝敬堂先生，对本书给予了较高的评价：记忆是通往过去的一扇门，也是照亮未来的一盏灯。《海关外交官亲历俄罗斯》围绕作者在俄工作和生活的点点滴滴，将记忆不断地延伸到曾经发生的故事及其人物中，既让人从中感受到外交官风光无限的一面，又呈现出外交战线不为人知的惊心动魄的“斗争”。内容新奇，可读性强，是一部有历史深度和文学张力的作品。

这本书的成稿和出版，是在领导和同志们的帮助努力下完成的。特别感谢高岭同志，是她在海关总署政治部组织的“中国海关纪实系列丛书”座谈会上，鼓励我把在俄罗斯担任外交官 12 年中亲身经历的故事，写成一本书。在她的鼓励下，在海关总署离退办原主任张文俊同志的支持下，历时 3 个月，我写出初稿。此后，高岭同志字斟句酌地进行“雕琢”，推敲标题，调整结构，规划框架，先后经过三次编纂，最终定稿。后经海关总署国际司周文毅副司长审阅。中国海关出版社原社长康秀玲同志积极推荐。该社的沈楚铃主任和黄华莉副编审为本书的出版进行了周密的策划、编辑和协调。特别是文学大家汪兆骞先生欣然为本书写序，增添了极大的光彩！此外，海关总署离退办主任刘春光同志，好朋友王本年为本书的出版给予了大力的支持和帮助。在此，对以上领导、同事和朋友的热心鼓励、支持和帮助，一并表示衷心的感谢！

在此，特别要感谢我的夫人——石洁珍女士，是她在漫长的12年中，舍弃了自己在国内的工作，在异国他乡陪伴着我，照顾我的生活，支持我的工作。她还以“外交官夫人”的身份，做了大量的“夫人外交工作”。在本书的写作过程中，她也倾注了大量的心血，帮助回忆细节，认真阅读文稿，提出感受和修改意见……从某种意义上说，这本书是我们夫妇二人共同写成的。

此外，本书中的大量照片，记录了我工作和生活的瞬间，文字和照片互相印证，拓展了书的内容，同时也增加了感染力。但由于种种原因，无法核对或注明照片的拍摄者，故在此对照片的摄制者表示衷心的感谢和歉意。由于水平有限，书中存在不足之处，敬请大家不吝教正。

孟宪起

2014年12月